Alex Solnik

A ÚLTIMA BATALHA DE NAPOLEÃO

Drama histórico em 4 atos

KOTTER
EDITORIAL

Coordenação editorial: Sálvio Nienkötter
Editor-executivo: Raul K. Souza
Editora-adjunta: Isadora M. Castro Custódio
Editor-assistente: Daniel Osiecki
Editoração e capa: Carlos Garcia Fernandes
Produção: Cristiane Nienkötter
Preparação de originais e revisão: o Autor

Dados Internacionais de Catalogação na Publicação (CIP)
Angelica Ilacqua CRB-8/7057

Solnik, Alex
A última batalha de Napoleão : drama histórico em 4 atos / Alex Solnik. -- Curitiba : Kotter Editorial, 2020.
112 p.

ISBN 978-65-86526-02-8

1. Teatro brasileiro 2. Dramaturgia I. Título

CDD B869.2

20-1634

Kotter Editorial Ltda.
Rua das Cerejeiras, 194
CEP: 82700-510 - Curitiba - PR
Tel. + 55(41) 3585-5161
www.kotter.com.br | contato@kotter.com.br

Feito o depósito legal
1ª Edição
2020

Alex Solnik

A ÚLTIMA BATALHA DE NAPOLEÃO

Drama histórico em 4 atos

“Quem deseja a paz deve preparar-se para a guerra”

A Batalha de Waterloo ocupou muito espaço nos principais jornais europeus em 1815. Essa peça nasceu das notícias publicadas nesse período.

"Os franceses sabem que eu tenho direito de exigir que eles se comportem de maneira que eu possa protegê-los contra aqueles que procurarem fazer-lhes mal".

Duque de Wellington depois de vencer a batalha de Waterloo.

PERSONAGENS
por ordem de entrada em cena

O arauto
O leitor de cartas
Um repórter
Napoleão
Outro repórter
Um repórter inglês
Um repórter alemão
Um repórter belga
Uma repórter belga
Duque de Wellington
General Ziethen
Príncipe Blucher
Um oficial francês
Presidente M. Lacepede
Príncipe Luciano
M. de Pontecoulant
Conde Labedoyere
Príncipe de Eslinge
Duque de Otranto
J. Waters
Espião inglês
Luiz XVIII
Príncipe de Schwaerzenberg
Duquesa de Angouleme
Marechal Massena
Marechal Ney
Tenente-General Sir F. Leith

Capitão do Bellerophone
Sir George Cockburn
Bertrand
Sobrinho de Josephine
Lord Keith
Um official de pé
Oficial
Madame Bertrand
Presidente da Câmara dos Pares
M. Cauchy
Granadeiro

SUMÁRIO

ATO 1

La Belle Alliance

Palco sem cenário. Todos os atores estão em cena, de pé, sentados ou deitados, sempre escondidos pelas sombras. Somente os que falam recebem holofotes.

Cena 1

O arauto
Ghent, 20 de junho de 1815. O Tenente General Martuschewitz, governador de Ghent acaba de receber a seguinte notícia e me encarrega de comunicá-la aos habitantes: "O Duque de Wellington ganhou a batalha mais completa, mais fortemente disputada, mais gloriosa e talvez a mais importante que refere a história. O tirano da França e o inimigo da Europa foi vencido depois de um combate que durou 9 horas. O inimigo está plenamente derrotado; perdeu a artilharia e provavelmente perderá os restos do seu exército disperso. Nada pode igualar o heroico valor que mostraram os exércitos inglês, prussiano e belga. Assinado Conde Philip Lens, Casa do Governo, 19 de Junho".

Leitor de Cartas
Extrato de uma carta do Conde de Thiennes em Bruxelas. "Neste momento sei que levam para Bruxelas o General Vandamme mortalmente ferido. Afirma-se que Murat e Jerônimo estão mortos. Também chegou notícia a Lord Welllington que vários regimentos de cavalaria bávara de 200 a 220 homens passam neste momento as fronteiras entre Givet, Mezieres & c. para ajuntar-se à ala direita dos prussianos".

Um repórter
Bruxelas, 19 de junho. Desde pela manhã cedo o repique de todos os sinos anuncia aos habitantes desta cidade a brilhante vitória de ontem dos exércitos aliados sobre os

exércitos franceses, comandados por Bonaparte em pessoa; nestes primeiros momentos é impossível juntar todos os detalhes destes gloriosos acontecimentos, pelos quais os generais e tropas de diferentes nações adquiriram honra imortal. Entretanto as particularidades mais certas que se conhecem são as seguintes: Bonaparte à testa da flor do seu exército e da sua guarda tinha o plano de cortar a comunicação entre os dois grandes exércitos do Duque de Wellington e do Príncipe Blucher, penetrando no centro da Bélgica; já ele tinha penetrado sobre a estrada de Namur para Bruxelas e a tinha interceptado. Enquanto ele avançava para descarregar um daqueles golpes decisivos que têm feito a sua reputação militar, os exércitos aliados haviam tomado posições formidáveis. Lord Wellington acima de Waterloo, o General Bulow em Wavre onde tinha chegado com o seu corpo de Liege e o Príncipe Blucher em Gembloux, onde se lhe uniu o corpo do General Kleist de Nollendorf. Ontem pela manhã os exércitos aliados tinham completado suas disposições. Bonaparte passou pela frente de todas as suas guardas e lhe fez um discurso capaz de animá-las ainda mais; acrescenta-se que ele dissera que havia de estar aquela noite em Bruxelas.

Napoleão, à frente de suas tropas
Ainda esta noite estaremos em Bruxelas.

Outro repórter
A batalha começou pelas onze horas da manhã e durou sem interrupção até muito pela noite. Eram perto de

quatro horas quando chegaram ao campo de batalha numerosos reforços de prussianos; imediatamente atacaram o inimigo com admirável intrepidez. O combate foi dilatado, carniceiro, terrível, mas decisivo. A cavalaria inglesa e a prussiana cobriram-se de glória; os bravos carabineiros belgas, os Dragões Ligeiros e os Hussares de Croy sustentaram da maneira mais brilhante a glória militar dos belgas. O Príncipe Blucher teve três cavalos mortos debaixo de si e o chefe do estado Maior, Barão Gneisenau, oficial do mais alto merecimento, teve dois cavalos mortos. Não é ainda possível mencionar todos que merecem ser referidos; os acontecimentos se sucederam com tanta rapidez que ao presente vemos só os resultados, sem conheceremos as particularidades.

Um repórter inglês

Toda a bagagem de Bonaparte já está tomada, a sua baixela, a sua correspondência, todos os fardos de proclamações revolucionárias datadas do Palácio de Lacken, suas carruagens etc etc. Entre as coisas que caíram nas mãos dos vencedores há a Grande Ordem da Águia Negra que El Rei da Prússia deu a Napoleão. A insígnia desta Ordem tem a letra "a cada um o seu". Mas a coisa que a história há de referir é que a vitória foi decidida na praça chamada La Belle Alliance. Até este momento o número de peças tomadas é de 200 a 300; o dos caixões, carros e bagagem é imenso. A carruagem do Duque de Bassano já chegou aqui. Entre os feridos de distinção há o moço Príncipe de Nassau Ussingen que está gravemente ferido. O General austríaco Barão Vincent, que esteve perto do Duque de

Wellington durante a batalha foi ferido por uma bala na mão a pouca distância do herói inglês.

Um repórter alemão

Ontem à noite foram para aqui trazidos 1500 prisioneiros franceses e duas Águias, restos de um corpo que foi feito em postas pela cavalaria junto a um mato; aquele soberbo regimento inglês, os Dragões da Rainha contribuiu particularmente para a vitória. Esta tarde chegaram aqui 100 peças. O General Compons, da Guarda, é um dos prisioneiros; chegou aqui esta manhã.

Um repórter inglês

O Duque de Wellington chegou aqui esta manhã; o seu quartel general está em Nivelles, para onde ele voltará sem demora. O exército francês retira-se com a maior precipitação para o Sambre e já nos consta que os prussianos entraram em Charleroy. Muitos corpos das nossas tropas avançam já rapidamente sobre Binche e Fontaine l'Eveque. O general Bourmont, dois coronéis, um major, dois capitães, dois oficiais e toda a sua comitiva estão em Saint Gerard sur-la-Sambre; vieram pôr-se debaixo das bandeiras do Rei da França.

Um repórter belga

Não há cena mais patética do que aquela que testemunhamos ontem. O espírito público dos moradores de Bruxelas se tem mostrado à luz mais clara. O seu ódio ao usurpador se ostenta em toda a parte da maneira mais sensível. Ontem durante a batalha o medo gelou todos os corações – hoje o mais vivo prazer está pintado no rosto de todos. Bonaparte prometera às suas tropas três dias de pilhagem em Bruxelas. Por toda a parte os cidadãos correm a encontrar os feridos; liberalizam-lhes quanto precisam e não há um só que não receba como amigos e libertadores aqueles bravos defensores da nossa independência. Os guerreiros de diferentes nações são sensíveis ao gasalhado, que experimentam nesta cidade – as suas mãos, ainda escorrendo sangue procuram as mãos dos nossos cidadãos para apertá-las com gratidão. Generosos habitantes de Bruxelas, o vosso comportamento vos faz honra, é digno daqueles antigos Brabangões, cujos caracteres distintivos eram valor, lealdade e honra.

Uma repórter belga

Quatro da tarde. Chegam correios rapidamente sucessivos; todos trazem notícias mais modernas da derrota do exército francês, cujo destroço é completo; todos os corpos atiram com as armas para fugir com mais facilidade. Dezesseis regimentos de cavalaria os perseguem de perto e não os deixam respirar um momento. Dez mil prussianos hão de passar por aqui em alcance do inimigo.

Repórter alemão

Sabemos de certo que os austríacos entraram na Alsácia. Os suíços se juntaram à Confederação com 400 homens. Em suma, respiramos outra vez, porque os dias memoráveis de 15, 16, 17 e 18 de junho nos puseram em estado de não voltarmos mais ao seu terrível governo. Agora podemos esperar que tudo acabe bem e a Europa goze cedo da paz tão desejada. A carruagem de Bonaparte, que os prussianos tomaram, será levada para Berlim.

Leitor de cartas
O Conde Bathurst, principal Secretário de Estado da Repartição da Guerra recebeu hoje um despacho do Marechal de Campo Duque de Wellington cujo teor é o seguinte.

Duque de Wellington
Bruxelas, 19 de junho de 1815
My Lord. Tenho de participar a V.S. em acréscimo ao meu despacho desta manhã que já temos aqui 50 prisioneiros, tomados na ação de ontem e que amanhã chegarão ainda mais de 30. Um dos prisioneiros é o Conde Loubau, que comandava o sexto corpo e outro o General Cambrone, que comandava uma divisão das guardas. Tenho intenção de mandar tudo para Inglaterra por Ostend. Tenho a honra de ser, Wellington.

Leitor de cartas
Carta do General Ziethen, comandante do 1°. Corpo do exército do Baixo Rheno à sua Alteza o Príncipe Blucher.

General Ziethen
Beaumont, 20 de junho. Todos os detalhes que até agora temos coligidos acerca da fuga dos franceses se tem aqui confirmado. Bonaparte passou por esta praça ontem à uma hora; ele tinha uma sobrecasaca parda e um chapéu redondo. Tomou a estrada para Avesnes. Cada dia cresce

a desordem no exército francês e a falta de disciplina está no seu auge. Os soldados se julgam atraiçoados e todos mostram vontade de voltar para suas casas. Em Beaumont tudo foge ao primeiro alarme. Quase em todas as portas da cidade achamos uma peça de artilharia desamparada e mais duas na estrada para Sobri-le-Chateau. Dizem que o inimigo fez fogo junto a um trem de pontões junto da Villa de Clermont. Espero poder salvar alguns. Em Charleroi nossas tropas acharam nove peças e 100 caixões abandonados. A multidão sobre a ponte era tão grande que Bonaparte foi obrigado a pôr aqui uma companhia com baioneta calada para embaraçar os fugitivos. Esta companhia foi derrotada e então foi impossível atalhar a corrente. Um morador daquela cidade contou vinte e nove peças que passaram a ponte e seis ficaram entre Charleroi e Sobri-le Chateau. Assinado, Ziethen".

O arauto
O Marechal Príncipe Blucher fala aos bravos belgas em Merbeo-le-Chateau a 21 de junho.

Príncipe Blucher
Estando o meu exército a ponto de entrar no território francês não podemos deixar-vos, bravos belgas, sem dizer-vos adeus e expressar-vos a nossa gratidão pela hospitalidade que mostrastes aos nossos soldados. Tivemos ocasião de avaliar vossas virtudes; sois um povo bravo, leal e nobre. Sofrestes muito pela irregularidade que reinava na repartição das munições de boca, mas levastes com paciência as requisições de que era impossível dispensar-vos.

Vossa situação me penalizava grandemente, mas não estava em minhas mãos aliviá-la. No momento em que o perigo parecia ameaçar-vos, fomos chamados a dar-vos auxílio. Apressamo-nos e bem a nosso pesar nos achamos obrigados pelas circunstâncias a demorar tanto o começo da contenda que estimaríamos ver começar mais cedo. A presença das nossas tropas foi pesada ao vosso país, mas pagamos com o nosso sangue a dívida de gratidão que vos devemos e um governo benévolo achará meio de indenizar aqueles que mais sofreram no aquartelamento das tropas. Adeus, bravos belgas! A lembrança do hospitaleiro gasalhado que nos destes e a memória de vossas virtudes estarão eternamente gravadas nos nossos corações. Proteja o Deus da paz vosso belo país e afaste dele por muito tempo as desordens da guerra; sede tão felizes como mereceis. Adeus!

Cena 2

Repórter belga

Bruxelas, 25 de junho. Namur foi a 19 o teatro de um combate muito renhido, mas felizmente muito curto. Os corpos franceses, que estavam nos arredores do Wavre, havendo seguido o seu caminho na noite de Segunda feira para Namur uma divisão prussiana lhe foi no alcance. Pelas 10 horas ouviu-se aproximar a canhonada e logo depois se distinguiu o fogo de mosquetaria. À tarde um forte destacamento de cavalaria francesa apareceu nas portas da cidade e requereu passar por ela para ir para Givet. Como a praça não tinha guarnição, foi necessário admitir o inimigo que continuou a chegar todo aquele dia e o seguinte. Pelas quatro da tarde a retaguarda dos franceses fechou as portas e começou um vivo fogo das trincheiras sobre as primeiras colunas dos prussianos. Pelas 6 horas cessou o fogo. Os franceses apressadamente desampararam as trincheiras que foram escaladas pelos prussianos. Uma renhida, mas breve ação começou nas ruas, que acabou pela precipitada retirada do inimigo para Dinant. A esplanada, a avenida para a porta de Bruxelas e parte do campo circunvizinho estão juncadas de mortos e feridos. Entre o grande número de oficiais de grande posto que entraram na cidade se notaram o Marechal Grouchy, os generais Vandamme, Excelmans e Pajol.

Repórter francês

Na manhã de 16 de junho o nosso exército ocupava as posições seguintes: a ala esquerda comandada pelo Marechal

Duque de Elchingen e composta do 1º. e 2º. Corpo de infantaria e do 2º. de cavalaria ocupava as posições de Frasne. A ala direita comandada pelo General Grouchy e composta do 3º. e 4º. Corpo de infantaria e do 3º. de cavalaria ocupava as alturas na retaguarda de Fleurus. O Quartel General do Imperador estava em Charleroi onde estavam as guardas imperiais e o 6º. Corpo. A ala esquerda tinha ordem de marchar sobre Quatre Bras e a direita sobre Sombref. O Imperador avançava para Fleurus com a sua reserva. As colunas do Marechal Grouchy estando em marcha, perceberam, depois de passar Fleurus o exército do inimigo comandado pelo Feld Marechal Blucher, ocupando com a sua esquerda as alturas do moinho de Bussy, a Villa de Sombref e estendendo sua cavalaria muito avante sobre a estrada de Namur; à sua direita estava em S. Amand e ocupava aquela grande Villa em muita força, tendo diante de si um despenhadeiro, que formava a sua posição. O Imperador reconheceu a força e posição do inimigo e resolveu atacar imediatamente. Foi necessário mudar de frente, com a direita para diante e dobrando para Fleurus. O General Vandamme marchou sobre S. Amand, o General Girard sobre Ligny e o Marechal Grouchy sobre Sombref, A 4ª. Divisão do 2º. Corpo, comandada pelo General Girard marchou em reserva por detrás do corpo do General Vandamme. A guarda foi puxada sobre as alturas de Fleurus e igualmente os couraceiros do General Milhaud. Às 3 da tarde estavam acabadas aquelas disposições. A divisão do General Lefol que formava parte do corpo do general Vandamme entrou primeiro em ação e se fez senhora de S. Amand, de onde expeliu o inimigo à ponta da baioneta. Conservou o seu terreno durante toda a ação no cemitério e calçada de S. Amand, mas aquela Villa muito extensa foi teatro de vários combates durante a noite; todo o corpo do general Vandamme estava ali empenhado e o inimigo pelejava em força considerável. O general Girard, posto como reserva ao corpo do General Vandamme dobrou a Villa pela sua direita e pelejou com o seu costumado valor. As forças respectivas foram sustentadas de ambas as partes por umas 50 peças de artilharia cada uma. Na direita o General Girard entrou em ação com o 4º. Corpo na Villa de Ligny que foi tomada e retomada muitas vezes. O Marechal Grouchy no extremo direito e o General Pajol pelejaram na Villa de Sombref. O inimigo mostrou de 800 a 900 homens e grande número de artilharia. Às 7 horas estávamos senhores de todas as Villas situadas na margem do despenhadeiro que cobria a posição do inimigo, mas ele ainda ocupava com todas as suas massas a altura do moinho de Bussy. O Imperador avançou com a sua guarda para a Villa de Ligny; o General Girard mandou o General Pecheux desfilar com o resto da reserva, porque quase todas as tropas tinham-se batido naquela Villa. Oito batalhões da guarda desfilaram à baioneta calada e atrás deles quatro esquadrões das guardas, os couraceiros do General Detort, os do General Milhaud e os granadeiros da guarda a cavalo. A guarda velha atacou à baioneta as colunas do inimigo que estavam sobre as alturas de Bussy e em um instante cobriu de mortos o campo de batalha. O esquadrão da guarda atacou e rompeu um quadrado e os couraceiros repeliram o inimigo em todas as direções. Às 9 horas tínhamos quarenta peças de artilharia, muitos carros, bandeiras e prisioneiros e o inimigo procurava salvar-se em uma precipitada retirada. Às 10 horas a batalha estava acabada e nos achamos senhores de todo o campo. O general Litzow, partidista, ficou prisioneiro. Afirmam-nos os prisioneiros que o Feld Marechal Blucher foi ferido. A flor do exército prussiano foi destruída nesta batalha. A sua perda não podia ser de menos de 150 homens. A nossa foi de 30 mortos e feridos. Sobre a esquerda o Marechal Ney marchou sobre Quatre Bras com uma divisão que estava ali estacionada, mas sendo atacado pelo Príncipe de Orange com 250 homens, parte ingleses, parte hanoverianos ao soldo da Inglaterra retirou-se sobre a sua posição em Frasne. Ali houve combates multiplicados; o inimigo teimosamente se empenhou em força, mas em vão. O Duque de Etchingen esperava pelo primeiro corpo que não chegou até à noite; limitou-se a conservar a sua posição. Em um quadrado atacado pelo 8º. Regimento de couraceiros as bandeiras do regimento 69 da infantaria inglesa caíram em nossas mãos. O Duque de Brunswick foi morto. O Príncipe de Orange foi ferido. Temos certeza de que o inimigo tem muitas personagens e generais de nome mortos ou feridos; avaliamos a perda dos ingleses de 40 a 50 homens; a nossa nessa parte foi muito considerável; chega a 200 entre mortos e feridos. O combate acabou com a chegada da noite. Então Lord Wellington despejou Quatre Bras e seguiu para Genappes. Na manhã de 17 o Imperador tornou a aparecer em Quatre Bras, de onde marchou para atacar o exército inglês; ele meteu-o na entrada do bosque de Soignes com a ala esquerda e a reserva. A ala direita avançou para Sombref, em alcance do Feld Marechal Blucher que tinha ido para Wavre, onde mostrava querer tomar uma posição. Às 10 horas da noite o exército inglês ocupava Monte S. Jean com seu centro e estava em posição diante do bosque de Soignes; seriam precisas três horas para atacá-lo, portanto fomos obrigados a transferir para o dia seguinte. O Quartel General do Imperador se estabeleceu na fazenda de Caillon, perto de Plachenoit. A chuva caía em torrentes. Desta sorte, a 16 a ala esquerda, a direita e a reserva estavam igualmente empenhadas, em distância de perto de duas léguas.

Cena 3

Placa desce: "A Batalha de Monte S. Jean"

Um oficial francês

Às 9 da manhã a chuva tendo aplacado alguma coisa o 1º. Corpo se pôs em movimento. E se pôs com a esquerda sobre a estrada para Bruxelas e defronte da Villa Monte S. Jean que parecia ser o centro da posição do inimigo. O segundo corpo encostava a sua direita sobre a estrada de Bruxelas e sua esquerda sobre um pequeno mato a tiro de peça do exército inglês. Os couraceiros estavam de reserva por trás e as guardas de reserva sobre as alturas. O 6º. Corpo, com a cavalaria do general D'Aumont, às ordens do Conde Lobau estava destinado a seguir na retaguarda da nossa direita para se opor a um corpo prussiano que parecia ter escapado ao Marechal Grouchy e tentar cair sobre o nosso flanco direito, intenção que se nos tinha feito conhecida pelas nossas relações e pela carta de um general prussiano, que incluía uma ordem de batalha e que foi tomada pelas nossas tropas ligeiras. As tropas estavam cheias de ardor. Avaliamos a força do exército inglês em 80 mil homens. Supusemos que o corpo prussiano que podia estar em linha para a direita podia ser de 15 mil homens. Portanto a força do inimigo passava de 90 mil homens; a nossa era menos numerosa. Ao meio-dia, acabados todos os preparativos o Príncipe Jerônimo que comandava uma divisão do 2º. Corpo e destinado a formar o extremo esquerdo dele avançou sobre o mato, do qual o inimigo ocupava parte. Começou a canhonada. O inimigo sustentou com 30 peças de artilharia as tropas que tinha mandado guardar o mato. Fizemos também da nossa parte disposições de artilharia.

Repórter francês

À uma hora o Príncipe Jerônimo era senhor de todo o mato e todo o exército inglês recuou para trás de uma cortina. O Conde d'Erlon atacou então a Villa de Monte S. Jean e sustentou o seu ataque com 80 peças de artilharia que devem ter ocasionado grande perda ao exército inglês. Fizeram-se todos os esforços para a parte da cordilheira. Uma brigada da primeira divisão do Conde d'Erlon tomou a Villa Monte S. Jean; uma segunda brigada foi atacada por um corpo de cavalaria inglesa que lhe causou muita perda. No mesmo momento uma divisão de cavalaria inglesa atacou a tropa do Conde d'Erlon pela sua direita e desorganizou muitas peças; mas os couraceiros do general Milhaud carregaram aquela divisão, da qual três regimentos ficaram em postas.

Oficial francês

Eram três da tarde. O Imperador mandou avançar a guarda para pô-la em campo no terreno que o primeiro corpo tinha ocupado ao dispor a batalha, porque este corpo já estava adiantado. A divisão prussiana, cujo movimento tinha sido previsto então travou-se com as tropas ligeiras do Conde Lobau, espalhando o seu fogo sobre todo o flanco direito. Cumpria, antes de empreender alguma coisa mais esperar o resultado deste ataque. Dali todos os recursos de reserva estavam prontos para socorrer o

Conde Lobau e destruir o corpo prussiano quando avançasse. Feito isto, o Imperador tinha intenção de guiar um ataque sobre a Villa de Monte S.Jean do qual esperávamos decisivas vantagens; mas por um movimento de impaciência tão frequente nos nossos anais militares e que muitas vezes nos tem sido tão fatal, a cavalaria de reserva havendo percebido um movimento retrógrado feito pelos ingleses para se abrigarem das nossas batarias, das quais tinham sofrido tanto, coroou as alturas do Monte S. Jean e carregou a infantaria. Este movimento que, feito a tempo e sustentado pelas reservas deveria decidir o dia, feito de uma maneira isolada e antes que a ação sobre a direita estivesse terminada, veio a ser fatal.

Um repórter francês

Não havendo meios de contramandá-la, mostrando o inimigo muitas massas de cavalaria e infantaria e estando empenhadas as nossas duas divisões de couraceiros, toda a nossa cavalaria correu no mesmo momento para sustentar seus camaradas. Ali por três horas se fizeram numerosas cargas que nos permitiram penetrar muitos quadrados e tomar seis estandartes de infantaria ligeira, vantagens sem proporção com a perda que a nossa cavalaria experimentou pelos tiros de metralha e fogo de mosquetaria. Era impossível dispor de nossas reservas de infantaria enquanto não fosse repelido o ataque de flanco do corpo prussiano. Este ataque sempre se prolongou perpendicularmente sobre o nosso flanco direito. O Imperador mandou para ali o general Dubesnie com a guarda moça e muitas batarias de reserva. O inimigo se conservou em ataque, foi repelido e recuou – ele tinha esgotado suas forças e não tínhamos mais o que temer. Este momento era o indicado para um ataque sobre o centro do inimigo. Como os couraceiros sofreram dos tiros de metralha, mandamos quatro batalhões da guarda média para proteger os couraceiros, conservar a posição e, se fosse possível, desembaraçar e tornar a planície uma parte da nossa cavalaria.

Oficial francês

Mandaram-se outros dois batalhões da guarda média para conservar-se em potence (um exército está disposto em potence quando a sua frente não faz uma só linha reta e a direção de uma das alas faz ângulo com a do centro) sobre o extremo esquerdo da divisão que tinha manobrado sobre os nossos flancos para não ter algum embaraço daquela parte – o resto estava disposto de reserva, para ocupar a potence na retaguarda do Monte de S. Jean, parte sobre a ladeira na retaguarda do campo de batalha, que formava a nossa posição de retirada. Neste estado de coisas ganhou-se a batalha, ocupávamos todas as posições que o inimigo ocupava no princípio da batalha; a nossa cavalaria tinha sido empregada muito cedo e mal, não podíamos já esperar sucessos decisivos, mas o Marechal Grouchy tendo sabido do movimento do corpo prussiano marchou sobre a retaguarda daquele corpo, o que nos assegurava uma assinalada vantagem para o dia seguinte. Depois do fogo e ataques de infantaria e artilharia por oito horas, todo o exército viu com prazer a batalha ganha e o campo de batalha em nosso poder. Às 8 horas e meia, os quatro batalhões da guarda média, que tinham sido mandados para a ladeira da outra parte do Monte de S. Jean, para sustentar os couraceiros, sofrendo grande dano dos tiros de artilharia procurou levar as batarias à baioneta. No fim do dia, um ataque dirigido contra o seu flanco por muitos esquadrões ingleses a pôs em desordem. Os fugitivos tornaram a atravessar o despenhadeiro. Muitos regimentos quase à mão, vendo algumas tropas pertencentes à Guarda em confusão, creram que era a Guarda Velha e, por consequência, meteram-se em desordem. De toda parte se ouvia gritar "tudo está perdido, a guarda está em fuga". Os soldados afirmam que em alguns pontos pessoas mal-dispostas gritavam "salve-se quem puder". Fosse o que fosse, um completo terror pânico se derramou por todo o campo de batalha e meteram-se na maior desordem na linha de comunicação, soldados, artilheiros, caicões, todos se apressaram para este ponto; a Guarda Velha, que estava de reserva foi iscada e se pôs a fugir.

Repórter francês

Em um instante todo o exército era uma massa de confusão; todos os soldados de todas as armas estavam baralhados pêle-méle e era impossível reunir um só corpo. O inimigo, que percebeu essa assombrosa confusão, imediatamente atacou com a sua cavalaria e aumentou a desordem e deveu-se à noite, que vinha chegando, uma confusão tal que foi impossível ajuntar as tropas e mostrar-lhes seu erro. Desse modo uma batalha terminada, um dia de falsas manobras desempenhadas, o maior sucesso seguro para nós no dia seguinte, tudo se perdeu por um momento de terror pânico. Os mesmos esquadrões de serviço puxados para o lado do Imperador se destroçaram e desorganizaram por aquelas ondas tumultuosas e não havia mais do que seguir a corrente. Os parques de reserva, a bagagem, que não tinha passado o Sambre, em suma, tudo quanto estava no campo de batalha ficou em poder do inimigo. Era impossível esperar pelas tropas da nossa direita. Todos sabem o que é o exército mais bravo do mundo desta sorte baralhado e posto em confusão e quando já não está organizado. A artilharia cobriu-se de glória, como sempre. As carruagens pertencentes ao Quartel General ficaram na sua posição ordinária; porque não se julgou necessário um movimento retrógrado. No decurso da noite caíram nas mãos do inimigo. Tal foi o êxito da batalha do Monte de S. Jean, gloriosa para os exércitos franceses e, todavia, tão fatal.

Cena 4

O arauto

Paris, 23 de junho. Declaração de Napoleão Bonaparte ao povo francês

Napoleão

Franceses! Começando a guerra para manter a independência nacional, descansava na união de todos os esforços, de todas as vontades e no concurso de todas as autoridades nacionais. Tinha motivo para esperar um feliz resultado e desprezei todas as declarações das Potências contra mim. As circunstâncias me parecem mudadas. Ofereço-me em sacrifício ao ódio dos inimigos da França. Queira Deus que eles sejam sinceros em suas declarações e as tenham realmente dirigido só contra o meu poder! A minha vida política expirou e eu aclamo meu filho debaixo do título de Napoleão II, Imperador dos franceses. Os ministros atuais formarão provisoriamente o Conselho do Governo. O interesse que eu tomo por meu filho me obriga a convidar as Câmaras a formarem sem demora a Regência por uma lei. Uni-vos todos para a segurança pública para ficardes uma nação independente.

Repórter francês

Essa declaração foi levada há uma hora a ambas as Câmaras, a saber, a Câmara dos Pares pelo Conde Carnot e a Câmara dos Representantes pelo Duque de Otranto. O resultado das deliberações das Câmaras sobre esta participação foi apresentado a Sua Majestade por deputações compostas de membros da Mesa de cada Câmara. Sua Majestade respondeu a ambas as deputações aqui nestes termos.

Napoleão

Eu vos agradeço os sentimentos que expressais. Recomendo à Câmara que reforce os exércitos, e os ponha no melhor estado de defesa; quem deseja a paz deve preparar-se para a guerra. Não exponhais esta grande nação à mercê do estrangeiro, senão sereis enganados em vossas esperanças. Em qualquer situação que eu me ache serei feliz se a França for livre e independente. Transferindo a meu filho o direito que a França me deu, ainda em minha vida, eu faço este grande sacrifício somente ao bem da nação e aos interesses de meu filho, que eu aclamo Imperador.

Cena 5

Câmara dos Pares
Sessão permanente de 11 de junho continuada – 9 da noite

Presidente M. Lacepede
Lida a mensagem da outra Câmara anunciando que tinham nomeado o Conde Carnot e o Duque de Otranto membros da Comissão do Governo, informo à Assembleia que a deputação mandada a Napoleão para expressar-lhe o respeito e gratidão da Câmara tinha satisfeito a sua missão e que Napoleão respondeu que tinha abdicado somente a favor de seu filho. A palavra está aberta. Príncipe Luciano.

Príncipe Luciano
O objetivo agora é afastar a guerra civil e rebater os conluios de uma minoria revoltosa. O meio mais vitorioso de fazê-lo é solenemente aplicar este princípio: rei morto, rei posto. A ordem constitucional de sucessão estabelecida em uma dinastia aniquila partidos e assegura a tranquilidade pública. Se não nos desviarmos desta linha traçada pelo ato adicional provaremos dignamente nossa gratidão àquele que fez o maior dos sacrifícios à nossa felicidade – o da Coroa. Portanto, proponho que sem ulterior discussão a Câmara declare Napoleão II Imperador dos Franceses e lhe preste o juramento de fidelidade. Eu serei o primeiro a pronunciar aquele juramento: todos os bons franceses seguirão o meu exemplo.

(Agitação, murmúrios)

Depois que os eleitores receberam no Campo de Maio as águias imperiais das mãos do seu Chefe Constitucional vós não podeis sem violar a fé dos juramentos negar-vos a admitir a minha proposição. Portanto requeiro que ela seja imediatamente posta a votos.

Presidente
M. de Pontecoulant pede para falar.

M. de Pontecoulant
Agora direi o que eu nunca diria se Napoleão estivesse no auge do seu poder. Sou-lhe inteiramente afeiçoado do fundo do meu coração; servi-o fielmente, ser-lhe-ei fiel até o último alento; devo-lhe tudo; ele tem sido o meu generosíssimo benfeitor; mas eu devo-me também à pátria. O que é que se nos propôs aqui? Uma coisa contrária aos usos de todas as assembleias deliberativas, adotar uma resolução sem deliberar! E quem é que nos fala de uma minoria revoltosa que apela para as constituições do Império e deseja impor um soberano sobre os franceses? Eu reconheço francamente os direitos que ele tem adquirido à estima geral pelos seus talentos, seu bom caráter e quanto ele tem feito pela liberdade, mas ainda estou para saber os seus títulos para falar-nos como ele falou; nenhum ato público ainda atesta que ele é francês; nós o conhecemos somente como Príncipe Romano.

Príncipe Luciano
Requeiro responder.

Presidente
Depois sereis ouvido.

M. de Pontecoulant
O Príncipe Luciano exige de vós uma coisa que não podeis conceder-lhe senão depois de deliberardes. Então tereis de decidir uma grande questão. Eu estou longe de declarar-me contra o poder de Napoleão II, mas seja qual for a minha gratidão a seu pai, eu não posso considerar por meu soberano um indivíduo que não está na França; não posso considerar como regente uma Princesa que está na Áustria entre estrangeiros. Estão eles cativos ou não? Isto é o que deveis muito claramente anunciar. Talvez alguns queiram induzir-nos a reconhecer uma regência. Se o fizerdes, acender-se-ão as tochas da guerra civil. A resolução que tomastes esta manhã não decide a questão e estava muito longe de ser boa. Estou longe de pensar que a sustentava uma minoria revoltosa e, portanto, persisto em requerer a ordem do dia.

Príncipe Luciano
Se eu não sou francês aos seus olhos eu o sou aos olhos de toda a nação. No momento em que Napoleão abdicou seu filho lhe sucedeu.

Presidente
Conde Labedoyere com a palavra.

Conde Labedoyere
A abdicação é indivisível. Se não reconheceis o filho, Napoleão deve conservar a espada na sua mão, cercado dos

franceses que derramaram seu sangue por ele. Ele será desamparado pelos vis generais que ele enriqueceu e que o atraiçoaram. Se nós declararmos que todo francês que deixar suas bandeiras seja declarado infame, sua casa arrasada, sua família proscrita, então não teremos mais traidores nunca mais daquelas manobras que ocasionaram aquelas últimas catástrofes, cujos autores estão aqui. Quanto a vós, não quereis segunda vez desamparar na desgraça aquele que à face da Europa jurastes defender, não é assim, Príncipe de Eslinge?

Príncipe de Eslinge
Mancebo, estais fora de vós.

ATO 2

Viva o rei

Cena 6

Jornalista inglês

Mons, 22 de Junho. O quartel general do Duque de Wellington está hoje em Cateau-Cambresis, o que prova quão grande tem sido o progresso que as nossas tropas vitoriosas têm já feito no território francês. Esperamos a entrega imediata de Maubeuge. Anuncia-se que o Duque de Berri chegará esta manhã a Ath e que o rei de França chegará amanhã a Mons, de onde se crê seguirá para Maubeuge, cujas portas lhe abrirá a guarnição. Todas as notícias do interior da França falam das excelentes disposições dos ânimos; neste momento se anunciou que o exército do General Travot, batido na Vendée foi obrigado a capitular.

Jornalista francês

Mons, 23 de junho. Sua Majestade Luiz XVIII, o Conde de Artois e o Duque de Berri chegaram esta tarde, com o real exército, a Mons; as fortalezas de Maubeuge, Avèsnes e Quesnoy dizem que se estão preparando para lhes abrir as portas. Uma carta de 17 escrita por uma pessoa anexa ao Quartel general do exército inglês afirma que o Marechal Soult, Major General do exército francês está morto. Em uma carta de Cateau=-Cambresis de 23 conta os seguintes detalhes da marcha dos exércitos aliados.

Oficial inglês

A 22 o Duque de Wellington tinha o seu quartel general em Malplaquet e a 23 em Cateau-Cambresis. A completa derrota do exército francês, que lhe deixou só 27 peças determinou os chefes dos exércitos aliados a penetrarem sem hesitação no coração da França. A tomada de Maubeuge não se confirma. Avesnes foi tomada a 22; acharam-se-lhe 45 peças de artilharia; as guarnições das praças fronteiras estão quase inteiramente compostas de Gaurdas Nacionais; nelas há quando muito 40 de tropa de linha. O exército do Duque de Wellington marcha pela velha calçada Crunchant, a do Marechal Blucher marcha sobre Laon pela grande estrada de Paris. O Feld Marechal Blucher estava a 23 em Castillon, onde o demorou uma dor na perna, ocasionada pela sua queda na batalha de 16. O Duque de Wellington o visitou aqui. Um corpo do exército prussiano ficou atrás para observar o do general Vandamme. Os exércitos continuam a penetrar na França com a mesma rapidez e em toda a parte tem achado o povo animado do melhor espírito e decididamente contra Bonaparte e o seu governo.

Jornalista inglês
Downing Street, 27 de junho de 1815. O Conde Bathurst recebeu despachos do Feld Marechal Duque de Wellington, datados de Cateau- Cambresis e de Foncourt de 25 do corrente cujo teor é os seguinte.

Duque de Wellington
Le Cateau, 22 de Junho de 1815. Temos continuado a marchar sobre a esquerda do Sambre depois que vos escrevi. O Marechal Blucher passou aquele rio a 19 no alcance do inimigo e ambos os exércitos entraram no território

francês ontem, os prussianos por Beaumont e o exército aliado do meu comando por Bavay. Os restos do exército francês se retiraram sobre Laon. Todas as notícias concordam que está em um estado miserável e que além das duas perdas na batalha e dos prisioneiros, vai perdendo muita gente por deserção. Os soldados deixam seus regimentos em bandos e voltam para suas casas; os de cavalaria e artilharia vendem os cavalos ao povo do país. O terceiro corpo, que no meu despacho de 19 informei a V.S. que tinha destacado para observar o exército prussiano ficou na vizinhança do Wavre até 20; então fez boa a sua retirada por Namur e Dinant. Este corpo é o único que ficou inteiro. Ainda não posso remeter a V.S. os mapas dos mortos e feridos do exército nas últimas ações. Tenho a maior satisfação em informar-vos que o Coronel Delancy não morreu, estava gravemente ferido, mas já não há dúvida de que se restabeleça e espero que será cedo.

O arauto

No dia 25 de junho o Duque de Wellington enviou outra correspondência ao Conde Bathrust, desta feita de Foncourt.

Duque de Wellington

Achando que a guarnição de Cambray não era muito forte e que a praça não estava bem fornecida com o que era mister para sua defesa mandei o Tenente General Sir Charles Colville para ali, anteontem, com uma brigada da 4ª. Divisão e a brigada de cavalaria de Sir C. Grant; e sobre a sua informação da força da praça mandei toda a divisão ontem pela manhã. Tenho agora a satisfação de referir que Sir Charles Colville tomou a cidade por escalada ontem à noite, com perda insignificante e conforme as comunicações que depois tem tido com o Governador da Cidadela, tenho todo o motivo de esperar que aquele posto será entregue a um Governador, mandado para ali pelo Rei de França para tomar posse dela, por todo este dia. S. Quintin foi desamparado pelo inimigo e está em poder do Marechal Príncipe Blucher e o castelo de Guise entregou-se a noite passada. Todas as notícias afirmam unanimemente que é impossível ao inimigo ajuntar exército para fazer-nos cara. Consta que o corpo francês que se opôs aos prussianos a 18 do corrente e esteve em Wavre sofreu consideravelmente em sua retirada e perdeu algumas das suas peças.

O arauto
Proclamação dirigida pelo Feld Marechal Príncipe Blucher ao exército do Baixo Reno para ser lida à frente de cada batalhão.

Príncipe Blucher
Bravos oficiais e soldados do Baixo Reno. Tendes feito coisas grandes, bravos companheiros em armas. Pelejastes duas batalhas em três dias. A primeira foi infeliz e o vosso valor não esmoreceu. Tivestes que lutar com privações, mas vós suportastes com fortaleza. Imóveis na fortuna contrária, depois da perda de uma batalha sanguinolenta marchastes com firmeza para pelejar outras; descansando no Deus das batalhas e cheios de confiança em vossos comandantes e de perseverança nos vossos esforços contra

inimigos presumidos e perjuros, inchados com a sua vitória. Com esses sentimentos marchastes a sustentar os bravos ingleses que mantinham o mais arriscado ataque com firmeza singular. Mas chegou a hora que devia decidir esta grande contenda e mostrar quem devia dar a lei, se um aventureiro ou Governos, que são amigos da ordem. O destino ainda não estava decidido quando vós aparecestes saindo dos bosques que vos escondiam do inimigo para atacar a sua retaguarda com aquele sangue frio, aquela firmeza, aquela confiança que caracteriza os soldados experimentados, resolutos a vingarem reveses que tinham sofrido dois dias antes. Ali, rápidos como o relâmpago penetrastes suas colunas já abaladas. Nada podia atalhar-vos na carreira da vitória. O inimigo na sua desesperação voltou sua artilharia sobre vós; mas vós lançastes a morte nas suas filas e os vossos progressos causaram neles desordem, dispersão e afinal a mais completa derrota. Viu-se obrigado a abandonar-vos muitos centos de peças e o seu exército está desfeito. Poucos dias bastaram para aniquilar aquelas perjuras legiões que vinham consumar a escravidão e a espoliação do universo. Todos os grandes comandantes consideravam como impossível renovar imediatamente o combate com um exército batido; vós provastes que esta opinião é mal fundada; provastes que guerreiros resolutos podem ser vencidos, sem que se abale o seu valor. Recebei, pois os meus agradecimentos, soldados incomparáveis – objetos de toda a minha estima. Tendes adquirido grande reputação. Os anais da Europa eternizarão vossos triunfos. Em vós, firmes colunas da monarquia prussiana descansarão para sempre os destinos do rei e sua augusta casa. Nunca a Prússia deixará de existir enquanto vossos filhos e netos se assimilarem a vocês.

Repórter inglês
Namur, 24 de junho. Bonaparte passou a 19 as 11 da manhã por Gerpermies; estava acompanhado por quatro oficiais generais e alguns hussares. Ele perguntou aos paisanos qual era a estrada mais curta para Philippeville; parecia melancólico e desconcertado. Os feridos franceses que juncavam a estrada, quando o viram passar gritaram:

Feridos franceses gritam em direção a Napoleão que passa com sua comitiva
Aí vai o carniceiro da França!

Repórter inglês
Ele ouviu perfeitamente esses gritos, que se repetiram em toda parte por onde ele passou.

Cena 7

Repórter francês

Paris, 25 de junho. O Marechal Massena dirigiu uma ordem do dia aos Guardas Nacionais de Paris, anunciando a sua nomeação como seu comandante em chefe e a continuação do Conde Durosnel em segundo. Ontem pela manhã MM Sebastiani, D'Argenson, Ponte Collant, Lafayette e Laforet nomeados comissários para irem aos quartéis-generais dos aliados esperavam pela comissão do governo sob a presidência do Duque de Otranto; então haviam de sair imediatamente para o seu destino. Na noite de 23 e 24 temia-se um motim. Alguns funcionários, dizem, conceberam o plano de desarmar os postos das Guardas Nacionais. De tudo isso resultou a prisão de muitos indivíduos, cujas cabeças parecem desarranjadas. Todos os cidadãos ontem apareceram fardados e armados; patrulhas numerosas atravessam incessantemente as ruas e a cidade nunca esteve mais tranquila. Dizem que o Conde Otto foi mandado para Londres pela Comissão do Governo.

Duque de Otranto

Paris, 24 de junho. Franceses! No período de poucos dias gloriosos sucessos e terríveis revezes têm outra vez abalado os vossos destinos. Um grande sacrifício pareceu necessário à vossa paz e à do mundo e Napoleão abdicou o poder imperial. Seu filho é aclamado. Vossa nova constituição, que possui até agora somente bons princípios vai ter aplicação e aqueles mesmos princípios hão de apurar-se e ampliar-se. Já não existem poderosos ciosos uns dos outros. O espaço é livre ao ilustrado patriotismo dos nossos Representantes e os Pares sentem, julgam e votam com os vossos delegados. Depois de 25 anos de tempestades políticas chegou o momento em que tudo quanto se tem concebido de sábio e de sublime relativamente às instituições sociais se pode aperfeiçoar na vossa. Fale a razão e o gênio e de qualquer parte que venham suas vozes elas serão ouvidas. Partiram Plenipotenciários para tratar em nome da nação e negociar com as potências da Europa aquela paz que prometeram com uma condição, que está agora desempenhada. Todo o mundo está, como vós, atento à sua resposta. A sua decisão mostrará se a justiça e as promessas são alguma coisa sobre a terra. Franceses! Uni-vos, ajuntai=vos em circunstâncias de tão grande importância. Sossegue a discórdia civil; cale a dissensão neste momento em que se hão de discutir os maiores interesses das nações. Uni--vos do norte da França até os Pirineus; de Vendée até Marselha. Quem há que nascido no solo da França, qualquer que seja o seu partido e que sejam suas opiniões políticas não se aliste debaixo do estandarte nacional para defender a independência da pátria? Exércitos podem ser destruídos em parte, mas a experiência de todos os séculos e de todas as nações prova que uma nação intrépida, combatendo pela justiça e pela liberdade não pode ser destruída. O Imperador na sua abdicação se ofereceu em sacrifício. Os membros do governo se consagram aceitando de vossos Representantes as rédeas do estado. Assinado Duque de Otranto, Presidente.

Repórter francês

Paris, 26 de junho. Napoleão voltou a noite penúltima de Malmaison para Paris. Ontem, à uma da tarde saiu outra vez para Malmaison. Um jornal anuncia que Napoleão há de embarcar no Havre para a Inglaterra. Depois da batalha de 18 chegam a Paris todos os dois comboios de soldados feridos. Um enxame de oficiais em boa saúde chega também e a sua presença na capital assombra muita gente, mas sabemos que todos receberam ordem, assim como os generais, de saírem para Laon e Soissons. O Conde d'Erlon, em vez de ter sido morto na batalha de 18 nem ainda foi ferido. O Tenente General L'Hiretier não ficou prisioneiro, mas ferido no braço direito.

Leitor de cartas

Os seguintes detalhes são extraídos de uma carta de Cateau-Cambresis, 25 de junho. O Quartel-General vai remover-se para Fancourt, junto a Peronne. O governo provisional mandou uma deputação aos soberanos aliados e requereu um armistício do Príncipe Blucher que recusou a entrar em negociação. Cambray e Guise pareciam estar a ponto de abrir as portas. Sua Majestade Luiz XVIII chegou a Cateau-Cambresis.

Cena 8

O arauto

Proclamação do Duque de Wellington aos franceses, dia 21 de junho, no Quartel General de Malplaquet.

Duque de Wellington

Eu anuncio aos franceses que entro no seu território à frente de um exército já vitorioso, não como inimigo (exceto do Usurpador, do inimigo da espécie humana, com quem não pode haver nem paz, nem trégua) mas para ajuda-los a sacudir o jugo de ferro que os oprime. Portanto dou ao meu exército as ordens juntas e desejo que façam conhecer qualquer que as infringir. Porém os franceses sabem que eu tenho direito de exigir que eles se comportem de maneira que eu possa protege-los contra aqueles que procurarem fazer-lhes mal. Portanto, forneçam as requisições que lhes forem feitas por pessoas autorizadas para fazê-las, tomando recibos em devida forma e ordem. Fiquem tranquilos em suas casas e não tenham correspondência nem comunicação com o Usurpador e nem com os seus sequazes. Todos aqueles que estiverem ausentes de suas casas depois da entrada do exército na França e todos aqueles que estiverem ausentes a serviço do Usurpador serão considerados como inimigos e seus sequazes e os seus bens serão apropriados à subsistência do exército.

O arauto

Ordem do dia do Ajudante Geral J. Waters

J. Waters

Como o exército vai entrar no território da França, as tropas das diferentes nações ora comandadas pelo Feld Marechal Duque de Wellington devem lembrar-se que os seus respectivos soberanos são aliados de Sua Majestade El Rei de França de quem, portanto, a França deve considerar-se como um país amigo. Ordena-se que nem oficiais nem soldados tomem coisa alguma sem pagar. Os Comissários do exército proverão as necessidades das tropas da maneira costumada e não se permite aos oficiais e soldados do exército fazer requisições. Os Comissários serão autorizados pelo Feld Marechal ou pelos Generais que comandam as tropas das diferentes nações (isto é, caso que as suas provisões não sejam reguladas por um Comissário inglês) a fazer as necessárias requisições, das quais darão recibos regulares e devem entender perfeitamente que serão responsáveis por tudo que recebem em requisições dos habitantes da França, da mesma maneira que se fizessem comprar por conta do seu governo no seu próprio país. Assinado J. Waters, servindo como Ajudante Geral.

Jornalista belga

Bruxelas, 26 de junho. As notícias de Paris, que temos recebido até hoje nos deixam ver afinal o próximo termo de tantos males e calamidades. O governo provisional, dizem, mandou um correio ao Duque de Wellington anunciando a destruição do governo de Bonaparte e oferecendo-lhe estabelecer qualquer forma de governo que se julgasse necessária para salvar a França, exceto, porém, o dos Bourbons. Prometiam, ao mesmo tempo, entregar-lhes fortalezas e seguranças se o nobre Lord suspendesse as hostilidades. A resposta do herói do nosso século não sendo conforme às vistas dos revolucionários em Paris, dizem que se lhe fizeram outras propostas que ele julgou necessário por em presença do governo. Entretanto, a capital da França está entregue às maiores desordens e formam-se partidos de todos os modos imagináveis; os exércitos marcham para o foco da discórdia do mundo e a vanguarda do Duque de Wellington já está em Compiegne. As bravas tropas belgas, que colheram tantos louros, e em poucos dias, têm recebido a sua recompensa; elas precedem o exército, que marcha para Paris. Neste momento se refere que Bonaparte foi entregue aos exércitos aliados.

Repórter francês

Paris, 25 de junho. Napoleão Bonaparte saiu de Paris ontem à uma hora para Malmaison. Não se conhecem os seus planos futuros. Algumas pessoas creem que ele empregou o Conde Otto em uma negociação destinada a conciliar a estima e consideração do povo inglês.

Repórter inglês

Correio extraordinário. Segunda-feira pela manhã. Napoleão foi para o Havre, onde há de embarcar para a Inglaterra, acompanhado pelo Príncipe Jerônimo, Príncipe José, um estribeiro Mor, um Mordomo Mor e dois criados particulares e etc. O general Drouet queria seguir o ex-imperador. Corre notícia da partida de dois marechais para uma comissão militar, cujo resultado se supõe será a suspensão das hostilidades.

Cena 9

O arauto
A seguinte mensagem foi ontem comunicada às duas Câmaras da França, incluindo os boletins de 26 de junho, pelo Duque de Otranto.

Duque de Otranto
A Comissão do Governo julga do seu dever assegurar às Câmaras que ele não cessa de tomar medidas para sustentar a negociação para a paz, pondo em ação toda a força nacional. Os generais trabalham incessantemente em juntar as tropas e reorganizar o exército do Norte. Ele já apresenta uma massa respeitável e todos os dias aumenta por novos corpos. O seu material vai se completando. A Comissão do Governo conta para a defesa da independência nacional com o patriotismo e devoção dos cidadãos. Enquanto ela conservar sua energia, ela reprimirá as agitações de desafeição no interior. Ela nunca exagerará nem esconderá perigos, e qualquer que seja a sua natureza ela será sempre fiel à pátria.

Repórter belga
Bruxelas, 1°. De julho. Afirma-se e é voz geral que as duas Câmaras de Paris reconhecerão Luiz XVIII; que os aliados fizeram a sua segunda entrada na capital e que Bonaparte fugiu para Havre de Grace de onde se supõe que irá para a América Meridional. O Rei da França saiu de Cambray para aparecer em Compiegne.

Repórter alemão

Berlim, 24 de junho. Nossa capital está embriagada de prazer. As precedentes notícias dos primeiros ataques de Napoleão e das ações indecisas de 15 e 16 espalharam considerável susto, por isso foi muito maior o júbilo hoje, quando o Tenente Nernst trouxe os gloriosos despachos do Príncipe Blucher. Era precedido por 36 postilhões tocando trombeta e cercado de imenso povo. O Tenente Nernst fez a sua jornada na carruagem tomada do Duque de Bassano. Além da carruagem de Bonaparte foram tomadas mais sete da sua comitiva. Os soldados prussianos que fizeram aquele esbulho estavam carregados de Napoleões de ouro.

Cena 10

Luiz XVIII volta à França

Espião inglês

Cambray, 29 de junho. Cheguei a esta praça quatro horas primeiro que o rei da França fizesse a sua entrada. A cidade tinha sido notificada pelas nossas tropas inglesas em nome de Luiz XVIII, a 23. Rejeitada a primeira proposta, atiraram-se alguns tiros de ambas as partes, mas sem fazer muito dano. A noite pôs termo ao fogo. E na manhã seguinte, muito cedo, abriu-se a comunicação entre o governador e os sitiantes. Terminando também esta conferência sem efeito, as tropas inglesas fizeram um assalto em dois lugares e em menos de duas horas a cidade estava em nosso poder sem perda considerável. O governador retirou-se para a cidadela, onde capitulou a 25 e a praça foi entregue à guarda da cidade, cujo coronel, que tinha sido deposto pelo governo rebelde tornou a tomar o comando e por toda a parte se arvorou a bandeira branca e o tope branco. Esse acontecimento foi aplaudido com júbilo universal. Deu-se notícia que o rei tinha chegado a Cateau Cambresis, só oito milhas adiante. Imediatamente formou-se uma guarda de honra pelos membros das famílias mais respeitáveis; erigiu-se um arco triunfal próximo à cidade. Na manhã de 26 a guarda marchou a encontrar o rei. As principais senhoras da praça, vestidas e branco se ajuntaram no arco, receberam ali Sua Majestade e lançaram flores diante dele todo o caminho até à Casa da Câmara. Era quase uma hora da tarde quando o rei chegou à cidade, havendo o seu progresso sido consideravelmente impedido pela imensa multidão do povo do campo, que corria de todas as vilas vizinhas para vê-lo e felicita-lo por voltar aos seus domínios. As aclamações, entre as quais ele entrou na cidade eram tão exaltadas, tão universais e tanto de coração que custava a crer que o povo nesta parte do país houvesse tido a menor parte na última revolta. Ramos verdes, em sinal de prazer se espalhavam com tanta abastança das janelas, que vistas de um andar mais alto as ruas pareciam formar outros tantos passeios verdes e o prospecto era infinitamente pitoresco. Chegando à Câmara, o povo desaparelhou os cavalos e puxou o rei em seu coche até à casa que lhe estava destinada. O entusiasmo parecia no seu auge. Era apenas compreensível que se pudesse passar tão subitamente a semelhante cena de prazer, do meio dos campos juncados de milhares de mortos e de cidades sitiadas e por dentro e por fora manchadas de matança. A cidade já esteve iluminada duas noites sucessivas e todo este dia os habitantes têm dançado na praça pública. Parece que a alegria de estar livre dos horrores de uma nova revolução e dos males necessários da guerra converteu o seu prazer à vista do rei em um verdadeiro delírio. Não só o povo da cidade tem parte naquelas festividades. A cidade parece uma feira desde que estou aqui, com a grande multidão de camponeses que correm a ela de todas as partes. O exemplo de lealdade se tem estendido às cidades vizinhas. Quesnoy entregou-se. Bapaume içou bandeira branca. Valenciennes haveria aberto as suas portas, mas o comandante Rey, um velhaco que fez um papel distinto na guerra infame da Espanha fechou-se na cidadela e ameaça fazer fogo sobre a cidade, se fizer alguma demonstração realista. Arras está em vésperas de declarar-se. A população é decididamente leal. Só a soldadesca da Córsega, quero dizer os bravos da canalha do Corso estorvam os cidadãos de seguirem o impulso de seus sentimentos naturais.

O arauto
Sua Majestade o Rei Luiz XVIII dirigiu-se às Câmaras dos Pares e dos Representantes, reunidas conjuntamente com a seguinte proclamação.

Luiz XVIII
(na Câmara)
As portas do meu reino afinal abriram-se diante de mim; apresso-me a trazer ao verdadeiro caminho meus vassalos desgarrados, a mitigar as calamidades que eu quis prevenir, a pôr-me outra vez entre os exércitos franceses e aliados, esperando que os sentimentos de consideração, de que eu sou objeto, tendam à sua conservação. É o único meio com que eu quis tomar parte nessa guerra. Eu não permiti a príncipe algum da minha família que aparecesse nas filas estrangeiras e refreei o valor dos meus servidores, que podiam pôr-se em torno de mim. Voltando ao solo da minha pátria me comprazo de espalhar confiança no meu povo. Quando eu apareci pela primeira vez entre vós, achei os ânimos agitados e esquentados pelo conflito das paixões. As minhas vistas não encontraram em parte alguma senão dificuldades e obstáculos. O meu governo era sujeito a cometer erros; talvez ele os cometeu. Há

tempos em que as mais puras intenções são insuficientes a dirigir ou ainda algumas vezes desencaminham. Só a experiência nos pode ensinar. Ela não será perdida. O meu desejo é quanto pode salvar a França. Os meus vassalos têm aprendido por cruéis experiências que o princípio da legitimidade dos soberanos é uma das bases fundamentais da ordem social e a única sobre a qual, no meio de uma grande nação se pode estabelecer uma providente e bem ordenada liberdade. Esta doutrina acaba de assoalhar-se como a de toda a Europa. Já com antecedência eu a havia consagrado pela minha Carta e eu me empenho em acrescentar àquela Carta todas as garantias que podem assegurar os benefícios dela. A unidade de ministério é a mais forte que eu posso oferecer. Pretendo que ela exista e que a marcha franca e firme do meu Conselho afiance todos os interesses e acalme todas as inquietações. Alguns falaram ultimamente da restauração dos dízimos e dos direitos feudais. Esta fábula, inventada pelo inimigo comum não é mister refutar. Não se esperaria que o rei se demorasse em refutar calúnias e mentiras; o êxito da traição tem mui claramente indicado sua origem. Se os compradores dos bens nacionais têm sentido desconfiança, a Carta bastaria para segurá-los. Não propus eu mesmo às Câmaras e não fiz executar leilões de semelhantes bens? Esta prova da minha sinceridade não tem resposta. Nestes últimos tempos os meus vassalos de todas as classes me têm dado iguais provas de amor e de fidelidade. Desejo que eles conheçam quão sensivelmente os conheço e que é entre todos os franceses que me comprazerei de escolher aqueles que hão de achegar-se à minha Pessoa e à minha Família.

Eu só quero excluir da minha presença aqueles cuja celebridade é matéria de mágoa para a França e de horror para a Europa. Na conspiração que eles urdiram eu percebo muitos dos meus vassalos alucinados e alguns culpados. Eu prometo – eu que nunca prometi em vão (toda a Europa o sabe) – perdoar aos franceses alucinados, tudo quanto têm passado desde o dia em que saí de Lille, por entre tantas lágrimas, até o dia em que cheguei a Cambray, entre tantas aclamações.

(Aplausos entusiásticos)

Mas o sangue do meu povo tem corrido em consequência de uma traição, da qual os anais do mundo não oferecem exemplo. Aquela traição chamou os estrangeiros ao coração da França. Cada dia me revela novo desastre. Eu devo, portanto, à dignidade da minha coroa, ao interesse do meu povo, ao descanso da Europa excetuar do perdão os instigadores e autores dessa horrível conjuração. Eles serão destinados à vingança das leis pelas duas Câmaras que eu proponho imediatamente ajuntar. Franceses! Tais são os sentimentos que voz traz aquele que o tempo não tem podido mudar, nem as calamidades cansar, nem a injustiça fez abater-se. O Rei, cujos Pais reinaram oito séculos sobre vós volta a consagrar o resto dos seus dias a defender-vos e consolar-vos.

O arauto

Proclamação do Feld Marechal Príncipe Schwartzenberg, no Quartel General em Hiedelberg, 23 de junho de 1815.

Príncipe Schwartznberg
Franceses! Vinte anos de perturbações e desgraças têm oprimido a Europa. A sede insaciável de domínio e de conquistas de um só homem, ao passo que despovoou e arruinou a França, assolou os países mais remotos e o mundo viu com assombro as desgraças das idades médias reproduzidas em um século iluminado. Toda a Europa se levantou; um grito de indignação serviu para juntar todas as nações. Dependia das potências aliadas em 1814 exercitar sobre a França uma justa vingança que ela tanto havia desafiado, mas granes monarcas unidos por uma causa única e sagrada, o restabelecimento da paz da Europa sabem distinguir entre o promotor de tantos males e o povo de que ele fez uso para oprimir o mundo. Os soberanos aliados declaram, debaixo das muralhas de Paris que nunca farão paz nem trégua com Bonaparte. A capital levantou-se contra o opressor da Europa. A França por um movimento espontâneo se uniu aos princípios que deviam restituir-lhe e garantir-lhe sua liberdade e paz. Os exércitos aliados entraram em Paris como amigos. Tantos anos e infortúnio, a expoliação de tantos países, a morte de milhões de bravos que caíram o campo da batalha ou vítimas dos flagelos inseparáveis da guerra, tudo se sepultou em esquecimento. Bonaparte solenemente abdicou de um poder que só tinha exercitado para desgraça do mundo. A Europa desde então não tinha mais inimigo que combater. Napoleão Bonaparte tornou a aparecer na França; achou toda a Europa em armas contra ele. Franceses, a vós cumpre decidir a paz ou a guerra. A Europa deseja paz com a França, só faz guerra ao usurpador do

trono francês. A França, admitindo Napoleão Bonaparte derrubou a primeira base sobre que estavam construídas as suas relações com as outras potências. A Europa não quer usurpar os direitos de nação algumas, mas ela nunca permitirá que a França, debaixo de um Chefe há pouco proscrito por ela ameace outra vez o descanso de seus vizinhos. A Europa deseja gozar o primeiro benefício da paz; ela deseja desarmar e não o pode fazer enquanto Napoleão Bonaparte estiver sobre o trono da França. A Europa em suma deseja a paz e porque a deseja nunca negociará com aquele que ela considera como um obstáculo perpétuo à paz.

O arauto
Dia 25 de junho, antes de partir, o ex-imperador dirigiu ao exército francês diante de Paris, em Malmaison a seguinte proclamação.

Napoleão
Soldados! Obedecendo à necessidade que me aparta do vosso valente exército francês, levo comigo a feliz certeza de que ele justificará pelos eminentes serviços que a pátria espera dele o louvor que mesmo os nossos inimigos não poderão negar-lhe. Soldados! Eu seguirei vossos passos bem que ausente. Eu conheço todo o corpo e nenhum terá uma assinalada vantagem sobre o inimigo que eu não lhe dê crédito pelo valor que tem mostrado. Vós e eu temos sido caluniados. Homens muito incapazes de avaliar vossos trabalhos viram nos sinais de afeto que me tendes dado um zelo do qual eu era o único objeto. Digam-lhe

vossos futuros triunfos que só a pátria sobretudo é que vós servíeis quando me obedecíeis e que se eu tive parte na vossa afeição eu a devo só ao meu ardente amor à França, vossa mãe comum. Soldados! Mais alguns esforços e a coalizão está dissolvida. Napoleão vos reconhecerá pelos golpes que descarregastes. Salvai a honra, a independência dos franceses. Sede até o fim os mesmos homens que eu conheci nos 20 anos passados e sereis invencíveis.

O arauto
Proclamação de Luiz XVIII, Luiz pela graça de Deus, Rei de França e de Navarra em Cateau´Cambresis, a 25 de junho ano do Senhor de 1815 e do reinado 20º.

Luiz XVIII
A todos os nossos fieis vassalos, saúde. Quando a mais cruel das empresas ajudada pela mais incompreensível rebelião nos obrigou a deixarmos momentaneamente o nosso reino vos informamos dos perigos que vos ameaçavam se não vos apressásseis a sacudir o jugo do usurpador tirânico. Não quisemos unir nossos esforços nem os da nossa família aos instrumentos que a Providência empregou para punir a traição. Mas agora que os poderosos esforços dos nossos aliados têm dissipado os satélites do tirano nos apressamos a entrar nos nossos estados para estabelecer a constituição que demos à França; reparar de todos os meios que estão em nossas mãos, os males da revolta e da guerra, sua consequência necessária; premiar o bom, pôr em execução as leis existentes contra o culpado; em suma, chamar em roda do nosso trono paternal a

imensa pluralidade de franceses, cuja fidelidade, valor e afeto tem dado ao nosso coração tão gratas consolações.

O arauto
Proclamação de Sua Alteza Real a Duquesa de Angouleme, exilada em Londres, 26 de junho de 1815.

Duquesa de Angouleme
Se a voz do vosso legítimo rei ainda não vos chegou eu agora vô-la faço ouvir. Em seu nome, em virtude dos plenos poderes que ele me tem confiado, eu me dirijo a vós. Franceses fiéis, ajuntai-vos à filha dos vossos reis; ela não voz traz a guerra, ela só vos fala de paz e união. Ela lamenta as terríveis calamidades que chamou sobre vós a traição e o perjúrio; ela não pode olhar sem terror para aquelas das quais a guerra ainda vos pode fazer vítimas. Franceses, em nome da pátria, de vossas famílias, de tudo que tendes de mais caro e mais sagrado sobre a terra, levantai-vos, juntai-vos a mim para assegurar o triunfo das vistas paternais do melhor dos reis. Franceses, o tempo é precioso, exércitos vitoriosos avançam; um movimento verdadeiramente nacional e a expressão de nossa fidelidade ao nosso Rei ponham por uma vez termo a uma guerra, não empreendida por ambição e por amor de conquista, mas pela necessidade de salvar a França e a Europa. Franceses, levantai o estandarte da fidelidade e ver-me-eis em meio de vós.

Repórter belga
Bruxelas, 1°. de julho. Entre as notícias contraditórias que tem circulado desde ontem as seguintes são as que

parecem mais certas: O Marechal Grouchy, depois da sua retirada de Namur sobre Givet juntou seus corpos e os restos das tropas que escaparam da sanguinolenta batalha de Belle Alliance; com estas tropas, que seria difícil de avaliar dirigiu sua marcha para Paris, para cobrir aquela capital. O Príncipe Blucher com o seu costumado valor atacou o Marechal Grouchy e derrotou-o completamente. Sobre esta nova derrota as duas Câmaras se diz que convocaram muitos membros do antigo Corpo Legislativo para se unirem a elas e decretaram que Luiz XVIII era chamado ao trono dos seus antepassados. Sobre estes acontecimentos se acrescenta que Bonaparte saiu de Paris para embarcar em algum ponto do Canal, mas não se sabe que caminho tomou.

O arauto

Paris, 4 de julho. Não queremos demorar ao público a notícia da conclusão da campanha pela Capitulação de Paris. Na sessão da Câmara, que começou às 11 horas se leu uma mensagem do governo que em substância diz: "Quando os representantes da nação nos nomearam para desempenhar o governo do estado aceitamos as funções, que se nos confiaram e por mais desvantajosa que fosse a ideia que tínhamos da nossa situação, estávamos mui longe de suspeitar que era tão crítica. Porém não tardamos muito em conhecer que, achando-se esgotados todos os nossos meios de defesa, era impossível evitar que Paris caísse em poder dos nossos inimigos, fosse pela força das armas ou em virtude de alguma capitulação; e preferindo este último meio, assinamos um tratado, mediante o qual será Paris militarmente ocupada".

Jornalista francês
O Marechal, Par de França, Comandante em chefe da Guarda Nacional de Paris, Príncipe d'Essling (Massena), governador desta capital publicou aqui, hoje, em virtude desta suspensão d'armas a ordem seguinte.

Marechal Massena
Fez-se um tratado com os generais das potências aliadas para evitar a efusão de sangue. Os habitantes de Paris devem estar sem receio e manter a paz e quietação que tem conservado no meio dos perigos. A polícia de Paris fica encarregada à Guarda Nacional e à Gendarmeria Municipal, debaixo das minhas imediatas ordens, como governador de Paris. Continuar a defender de qualquer atentado as pessoas e as propriedades; impedir toda reunião tumultuosa; estorvar todo o rebate que for capaz de excitar dissenções; não permitir que em parte nenhuma arvore ninguém bandeira de diversa cor das nacionais; estas são as obrigações que de novo se impõe à Guarda Nacional. Confio pelo que toca à sua execução no zelo dos cidadãos que a compõe e na exatidão dos seus chefes.

ATO 3

O traidor

Cena 11

Arauto
Carta do Príncipe de Moskwa (Marechal Ney) a S. Ex. o Duque de Otranto.

Marechal Ney
Senhor Duque. Há dias se tem espalhado no público os boatos mais falsos e infamatórios, sobre o meu procedimento nesta breve e desastrada campanha. Os jornais têm repetido estas odiosas calúnias e parecem dar-lhes crédito. Depois de ter pelejado 25 anos pela minha pátria, depois de haver derramado o meu sangue pela sua glória e independência tentam acusar-me de traição, a fim de mostrar-me ao povo e ao exército como o autor das desgraças que eles acabam de sofrer. Obrigado a romper o silêncio, enquanto sempre é penoso falar de si e mormente responder a calúnias, eu me dirijo a vós, Senhor, como Presidente do Governo Provisional com o fito de pôr na vossa presença uma fiel exposição dos acontecimentos que eu testemunhei.

(Todas as cenas descritas daí em diante serão representadas em outro espaço do palco, nas sombras)

A 11 de junho recebi ordem do Ministro da Guerra para comparecer na Presença Imperial. Eu não tive ordem, nem informação sobre a composição e força do exército. Nem o Imperador, nem o seu Ministro me deram alguma outra de antemão, pela qual eu pudesse antever que seria empregado na presente campanha. Por consequência, fiquei surpreendido, sem cavalos, sem fardas e sem dinheiro e fui obrigado a pedir emprestadas as despesas necessárias da minha jornada. Havendo chegado a 12 a Laon, a 13 a Avesnes e a 14 a Beaumont comprei nesta última cidade dois cavalos do Duque de Treviso, com os quais compareci a 15 em Charleroi, acompanhado por meu primeiro Ajudante de Campo, único oficial que me seguia. Cheguei no momento em que o inimigo, atacado pelas nossas tropas, se havia retirado sobre Fleurus e Gosselies. O Imperador me ordenou imediatamente que me pusesse à testa do 1º. e 2º. Corpo de infantaria, comandados pelos Tenentes Generais d'Erlon e Reille, da divisão de cavalaria ligeira da guarda, comandada pelos Tenentes Generais Lefebvre, Desnouttes e Colbert e de duas divisões de cavalaria do Conde Walmy, formando ao todo oito divisões de infantaria e quatro de cavalaria. Com essas tropas, parte das quais somente eu tinha debaixo do meu comando imediato persegui o inimigo e obriguei-o a despejar Gosselies, Frasnes, Millet e Heppegnies. Ali tomaram uma posição para a noite, com exceção do 1º. Corpo que ainda estava em Marehiennes e que não se juntou a mim senão no dia seguinte. A 16 recebi ordem para atacar os ingleses na sua posição em Quatre Bras. Avançamos ao inimigo com um entusiasmo difícil de descrever. Nada resistia ao nosso ímpeto. A batalha tornou-se geral e a vitória não estava já duvidosa quando, no momento em que eu tentava dar ordens ao 1º. Corpo de infantaria que me tinha ficado de reserva em Frasnes, eu soube que o Imperador tinha disposto dele, sem me advertir disso, bem como da divisão de Girard do segundo corpo, com intenção de dirigi-los sobre St. Amand e reforçar sua ala esquerda, que estava travada vigorosamente com os prussianos. O abalo que esta notícia me deu, confundiu-me. Não tendo às minhas ordens mais de três divisões, em vez de oito com que eu contava, fui obrigado a renunciar às esperanças de vitória e a despeito de todos os meus esforços, apesar da intrepidez e aferro das minhas tropas, os meus esforços extraordinários depois daquilo só puderam conservar-me na minha posição até à boca da noite. Pelas 9 horas o Imperador me mandou ao 1º. Corpo, o qual de nada lhe tinha servido. Desta maneira, 250 ou 300 homens foram paralisados (posso dizê-lo assim) e fizeram uma estéril parada durante toda a batalha da direita para a esquerda e da esquerda para a direita, sem dar um tiro.

(Holofotes sobre o Marechal Ney)

Eu não posso, Senhor, deixar de demorar por um momento a vossa atenção sobre esses detalhes, a fim de pôr diante de vossa vista todas as consequências desse falso movimento e em geral das mais disposições feitas em todo o dia. Porque fatalidade, por exemplo, o Imperador, em vez de conduzir todas as suas forças contra Lord Wellington que teria sido atacado de improviso e não poderia resistir, considerou esse ataque como secundário? Como julgou possível o Imperador, depois da passagem do Sambre pelejar duas batalhas no mesmo dia? Teve que combater forças o dobro das nossas e fazer o que os militares que foram testemunhas podem apenas compreender ainda. Em lugar disso, se ele deixasse um corpo de observação para vigiar os prussianos e marchasse com as suas massas mais poderosas para sustentar-me, o exército inglês indubitavelmente ficaria destruído entre Quatre Bras e Genappes e esta posição, que separava os dois exércitos aliados, estando uma vez em nosso poder, abriria ao Imperador uma ocasião de adiantar-se para a direita dos prussianos e entalá-los também. A opinião geral na França e particularmente no exército era que o Imperador empregaria todos os seus esforços para aniquilar primeiro o exército inglês e as circunstâncias eram favoráveis para desempenhar este projeto; mas o fado o ordenou de outra maneira.

(A narração daqui em diante volta a ser representada dramaticamente em outro espaço do palco, nas sombras.)

A 18 o exército marchou na direção de Mont-St.Jean. A 18 começou a batalha à 1 hora e ainda que o boletim que a descreve não faça menção a mim eu não hei mister dizer que entrei nela. O Tenente General Conde Drouet já falou daquela batalha na Câmara dos Pares. Sua narração é exata, à exceção de alguns fatos importantes, que passaram em silêncio ou que ele ignorava e que é do meu dever declarar. Pelas sete horas da noite, depois da carnificina mais terrível, que eu nunca vi, o General Labedoyere veio a mim com uma mensagem do Imperador, que o Marechal Grouchy tinha chegado à nossa direita e atacado a esquerda dos ingleses e prussianos. Este Oficial General, correndo pelas fileiras, espalhou esta notícia entre os soldados, cujo valor e constância não se abalavam e que deram novas provas naquele momento, a despeito da fadiga que experimentavam. Imediatamente depois, qual foi o meu assombro ou antes a minha indignação, quando soube que bem longe do Marechal Grouchy ter chegado a sustentar-nos, como se tinha afirmado a todo o exército, de 40 a 50 mil prussianos atacavam o nosso extremo direito e o forçavam a retirar-se! Quer o Imperador estivesse enganado acerca do tempo em que o Marechal podia sustenta-lo, quer a marcha do Marechal fosse retardada pelos esforços do inimigo mais do que se havia contado, o certo é que no momento em que se nos anunciou a sua chegada ele estava só em Wavre sobre o Dyle, que para nós era o mesmo que estar cem léguas do campo de batalha. Pouco tempo depois eu vi chegar quatro regimentos da guarda velha, conduzidos pelo Imperador. Com estas tropas ele queria renovar o ataque e penetrar o centro do inimigo. Ele me ordenou que as guiasse; Generais, Oficiais e soldados, todos ostentaram a maior intrepidez, mas este corpo de tropas era muito fraco para resistir por muito tempo às forças que o inimigo lhe opunha e bem depressa foi necessário renunciar às esperanças que esse ataque havia inspirado. O General Friant foi ferido de uma bala ao meu lado e eu tive o meu cavalo morto e fiquei por baixo dele. Os bravos soldados que voltarem dessa terrível batalha espero que me façam a justiça de dizer que me viram a pé com a espada na mão em toda a noite e que fui dos últimos que deixaram a cena da carnificina e no momento em que não se podia mais evitar a retirada. Ao mesmo tempo, os prussianos continuaram seus movimentos ofensivos e a nossa direita se retirava sensivelmente, os ingleses avançavam também. Ficaram-nos ainda quatro quadrados da velha guarda para proteger a retirada. Aqueles bravos granadeiros, a flor do exército, obrigados sucessivamente a retirarem-se, cediam o terreno palmo a palmo, até que oprimidos pelo número foram quase inteiramente aniquilados. Desde aquele momento declarou-se um movimento retrógrado e o exército não formou mais do que uma massa confusa. Não houve, porém, uma derrota total, nem o grito de "salve-se quem puder" como caluniosamente se afirmou no boletim. Quanto a mim, constantemente na retaguarda, que eu seguia a pé, tendo sido mortos todos os meus cavalos, arquejando de fadiga, coberto de confusão e já sem forças para marchar, devo a vida a um Sargento que me sustentou pela estrada e não me desamparou em toda a retirada. Às onze da noite encontrei o Tenente General Lefebvre Desnouttes e um dos seus Oficiais, o Major Schmidt teve a generosidade de dar-me o último cavalo que lhe restava. Desta maneira cheguei a Marchianne-au-pont às 4 horas da manhã, só, sem algum Oficial do meu Estado Maior, ignorando o que era feito do Imperador, que antes do fim da batalha havia desaparecido inteiramente e que se cria morto ou prisioneiro. O general Pamphele Lacroix, Chefe de Estado Maior do segundo corpo, que eu achei nessa cidade, havendo-me dito que o Imperador estava em Charleroi, supus que Sua Majestade ia pôr-se à testa do corpo do Marechal Grouchey, para cobrir o Sambre e facilitar às tropas os meios de reunirem-se em Avesnes e com essa persuasão fui a Beaumont; mas partidas de cavalaria seguindo-nos muito de perto e havendo já interceptado as estradas de Maubeuge e Filippeville, conheci a impossibilidade total de demorar um só soldado naquele ponto para opor ao progresso do inimigo vitorioso. Continuei a minha marcha sobre Avesnes, onde não pude alcançar notícia do que era feito do Imperador. Neste estado de coisas, não tendo conhecimento de Sua Majestade, nem do Major General, aumentando-se a confusão a cada momento e à exceção de alguns fragmentos de regimentos da guarda e de linha, seguindo cada um sua inclinação, determinei imediatamente ir para Paris por St. Quintin, para participar o mais breve possível o verdadeiro estado de coisas ao Ministro da Guerra, para que mandasse ao exército algumas tropas frescas e tomasse as medidas que as circunstâncias faziam necessárias. Quando cheguei a Bourget, a três léguas de Paris, soube que o Imperador tinha passado por ali às 9 horas da manhã. Tal é, Senhor Duque, a história dessa calamitosa campanha.

(Holofotes no Marechal Ney)

Agora pergunto àqueles que sobreviveram, a esse belo e numeroso exército, como posso eu ser acusado dos desastres de que fui vítima e dos quais os nossos anais militares não fornecem exemplo. Dizem que eu atraiçoei a minha pátria. Eu que para servi-la mostrei um zelo que levei por ventura a uma altura extravagante, mas essa calúnia não é sustentada por fato algum, nem por alguma circunstância. Mas como se podem suspender esses boatos odiosos que se espalham com terrível rapidez? Se nas pesquisas que eu fizesse a este respeito eu não temesse tanto descobrir a verdade, como ignorá-la, eu diria que tudo era uma tendência para mostrar que eu fui indignamente enganado e que se tenta cobrir com o pretexto de traição os erros e extravagâncias desta campanha, erros que se não confessaram nos boletins que apareceram e contra os quais debalde levantei aquela voz da verdade, que eu ainda farei soar na Câmara dos Pares. Espero da candura de V. Ex. e de sua indulgência para comigo que fará inserir esta carta no Jornal e dar-lhe a maior publicidade possível.

O arauto

Downing-Street, 24 de julho de 1815. Hoje se recebeu um despacho do Tenente General Sir F. Leith, Comandante nas Ilhas de Sota Vento, do Quartel General do Fort Royal, na Martinica, do dia 10 de junho, dirigido ao Conde Bathurst.

Tenente-General Sir F. Leith

My Lord. Tenho a felicidade de informar-vos que tenho ocupado os pontos militares da Martinica com uma força auxiliar inglesa que desembarcou aqui na manhã de 5 do corrente. A situação da Martinica na verdade era crítica porque a tropa de linha, que constava de 1300 homens, que estava de posse dos fortes, mostrou muito a sua disposição que se manifestou na França. A maior parte dos Oficiais eram decididamente por Bonaparte, uns pondo o laço tricolor e outros, com iguais sentimentos menos resolutos, pretendiam que só desejavam voltar para a França. Os soldados são no maior número conscritos rebeldes, que nunca serviram e não têm afeição a Bonaparte, mas havendo escapado do exército debaixo do seu rigoroso sistema, achando-se expatriados no Governo do Rei não podiam criar afeto à causa dos Bourbons e geralmente desejavam voltar para suas casas. Esta bela colônia esteve muitas vezes a ponto de entrar em uma convulsão revolucionária, pelo comportamento das tropas, as quais todas, exceto o resto do regimento 26 que monta de 400 a 500 homens, inclusive os Oficiais que ficam debaixo da bandeira branca, tem tido licença para partir, desarmados, e atualmente já saíram. As milícias de Martinica montam a uns seis mil homens que são bem-dispostos; só metade tem armas; cento e cinquenta são de cavalo. Imediatamente depois de tomados os pontos militares pelas tropas do meu comando o Governo da Colônia publicou um decreto pelo qual os navios ingleses são recebidos no mesmo pé que os franceses.

Repórter francês

Paris, 20 de julho. A 11 deste mês uma partida de soldados franceses, que disseram pertencer ao exército em guerra contra Luiz XVIII atacaram e roubaram o Castelo de Nucourt ao pé de Pontoise. Mandou-se gente no alcance destes salteadores. O Marechal Brune publicou em

Antibes a 6 do corrente uma proclamação mui fogosa na qual ainda gritava "Viva Napoleão II"!

Repórter alemão
O Feld Marechal Príncipe Blucher desejando facilitar por todos os meios ao seu alcance a colheita das searas, autoriza em consequência os Oficiais Comandantes dos regimentos para darem licença aos soldados para ajudarem nos trabalhos que se lhe dizem respeito, sendo-lhes requerido pelos habitantes. Os proprietários das novidades se ajustarão com os soldados quanto aos salários, que devem haver, mas os Oficiais Comandantes somente darão a dita licença para trabalhar sendo-lhe requerido para este efeito com a assinatura do Maire do Commum. O Oficial Comandante também deve ter cuidado em saber onde há de achar o sodado, que se deve recolher ao seu regimento todas as noites ou ao menos em todo o caso duas vezes por semana.

Repórter inglês
Portsmouth, 5 de agosto. Apressou-se a saída de Sir George Cockburn, pela circunstância de Bonaparte haver expressado a mais violenta resolução de não sofrer que o levem para Santa Helena. Quando lhe foi lida a comissão pelo Coronel Bunbury, Sub-Secretário de Estado, ele exclamou.

Napoleão
Podeis levar o meu corpo para Santa Helena, mas nunca haveis de levar minha alma.

Repórter inglês
Frequentes vezes depois disse ao Capitão Maitland.

Napoleão
(ao capitão Maitland)
Não me levareis vivo a bordo desta nau.

Repórter inglês
Se ele prefere a morte ao desterro, em breve se decidirá.

ATO 4

O desterro

Cena 12

Repórter inglês

Ouvimos que Sir George Cockburn tem instruções para levar a bordo do Northumberland a Bonaparte com uns dois companheiros que ele pode nomear, exceto Bertrand, Savary e Lallemand, com nove criados – fazendo ao todo doze pessoas. Os meios que podem ser necessários para a segurança de Napoleão estão confiados, até certo ponto, ao juízo e discrição de Sir George Cockburn, depois de avistar a ilha. Sir Hudon Lowe que foi nomeado para sua guarda na ilha está ao presente no Mediterrâneo. O Havannah, Peruvian, Weymouth e cinco corvetas saíram para Plymouth com Lord Sir George.

Repórter francês

O Northumberland, Bucephalus e Ceylão estavam entre St. Alban e Portland às 10 horas da manhã, com probabilidade de chegar a Plymouth por todo o dia, na altura do qual porto se supõe que o Bellerophon se encontrará com o Northumberland, para tomar a bordo Bonaparte e levá-lo à Ilha de Santa Helena.

Repórter inglês

Plymouth, 4 de agosto. O Bellerophon, que tem Napoleão a bordo suspendeu esta manhã e pairou ao sudoeste; agora está quase fora de vista, seguido pelo Eurotas. Lord Keith, Comandante em chefe da esquadra do Canal içou a sua bandeira no Tonnant; o Contra Almirante

Hallowel, que tinha ali sua bandeira arvorou-a interinamente naquela nau. Lord Keith não sai no Tonnant, vai a certa altura em que o Northumberland deve encontrá-lo e onde Lord Keith transportará Napoleão àquela nau, que o há de levar ao seu destino. Diz ele que nunca deixará o Bellerophon para ir a S. Helena enquanto tiver vida; e que não tem dúvida em ser fechado na Torre ou em alguma parte da Inglaterra ou em ter constantemente consigo uma pessoa, mas que nunca irá para S. Helena. Brevemente veremos se porá em execução este plano, matando-se.

Repórter francês
Diz-se que Bertrand e sua família terão permissão para acompanhá-lo, mas que Savary e Lallemand, não.

Repórter inglês
5 de agosto. O Bellerophon, que tem a bordo Bonaparte, acompanhado pelo Eurotas e o brigue de guerra Perucina saiu ontem para Est, com intento de encontrar o Northumberland na altura de Start Point para transportá-lo àquela nau. Nos dois últimos dias antes de sua saída não se permitia que chegassem botes ao Bellerophon durante o qual tempo não se mostrou ao público; mas antes disso o número de gente que cercava a nau era imenso, subindo às vezes a 100 pessoas.

Repórter francês
6 de agosto. Esta tarde ancoraram em Berribead as naus de Sua Majestade Bellerophon, Northumberland,

Tonnant e Myrmidon. 5 horas da tarde. As naus estão à vela.

Repórter inglês
Londres, 5 de agosto. Sentimos afirmar que o transporte de Napoleão Bonaparte do Bellerophon para o Northumberland foi acompanhado de uma desgraça muito séria em que duas senhoras perderam a vida. A carta que dá esta notícia é de Torbay e pode dar-se-lhe crédito. Ela é a seguinte.

Capitão do Bellerophon
Torbay, 8 de agosto. A noite passada aconteceu uma desgraça em Berry Head. Um bote de Torquay, que tinha a bordo três senhoras, um homem, um menino, uma criada e dois barqueiros vieram ver o transporte de Bonaparte do Bellerophon para o Northumberland.

(As cenas descritas passam a ser representadas, como das outras vezes.)

Ao chegar à popa do último navio abalroou com um cuter do Rei e antes que um desse pelo outro o bote foi a pique e imediatamente foi ao fundo. O 1°. Tenente do Northumberland presenciando a desastrada cena atirou-se ao mar e felizmente conseguiu salvar uma das senhoras (Mrs.Harris) e o filho de uma sepultura úmida. M. Harris, marido da senhora referida salvou-se a esforços seus e da guarnição do cuter. A criada e os dois barqueiros também se salvaram, mas as outras duas senhoras (ambas moças), tia e sobrinha, foram ao fundo e não apareceram mais.

Repórter inglês

Teignmouth, 8 de agosto. Ontem às duas horas da tarde Bonaparte passou de bordo da nau Bellerophon, acompanhado pelos Almirantes Lord Keith e Sir G. Cockburn, duas senhoras francesas e dois generais franceses para bordo do Northumberland. A nau de Sua Majestade, Tonnant, com Lord Keith, com a bandeira vermelha no mastro grande estava no porto para inspecionar o transporte e sustentado pelos navios de Sua Majestade (fragatas Ceylon, Bucephalus, Eurotas e corvetas Morgiana, Mirmidon, etc.). O Northumberland saiu de Portsmouth sexta-feira passada; e ao chegar a Torbay sábado percebeu duas naus de linha chegando-se para ele e que eram o Bellerophon com Bonaparte a bordo e o Tonnant, com Lord Keith. Em poucas horas o Northumberland os abordou e perguntou por Bonaparte, que há dias não saía do seu camarote. As naus foram ancorar em Torbay.

Repórter francês

O general Bertrand foi o primeiro que veio a bordo do Tonnant, onde jantou com Lord Keith e Sir G. Cockburn. É um homem de 50 anos e sumamente bem comportado.

(A cena do jantar é dramatizada.)

Ao jantar, Sir George deu-lhe uma explicação geral das suas instruções acerca de Napoleão, uma das quais era que a sua bagagem devia ser inspecionada antes de ser recebida a bordo do Northumberland. Bertrand expressou sua opinião fortemente contra a medida de mandar o Imperador (como ele e toda a sua comitiva o chamavam) para Santa Helena, quando os seus desejos e esperanças eram viver sossegadamente na Inglaterra debaixo da proteção das leis inglesas. Lord Keith e Sir George Cockburn não entraram em disputa a esse respeito. Depois do jantar, Lord Keith e Sir George Cockburn, acompanhados por Bertrand foram a bordo do Bellerophon. Antes de chegarem tiraram-se as armas e pistolas de Napoleão – não sem considerável altercação e objeções de parte dos Oficiais franceses. Aqueles que não deviam acompanhá-lo foram mandados para bordo da fragata Eurotas. Mostraram muita repugnância na separação, particularmente o Oficial polaco.

(Oficial polaco resiste à separação.)

Bonaparte despediu-se deles individualmente. O Coronel Pistowsky, Polaco, desejava singularmente acompanhá-lo; ele tinha recebido 17 feridas em serviço por Bonaparte e dizia que queria servi-lo em qualquer emprego, ainda que de criado se lhe permitissem ir para Santa Helena. As ordens de tirar os oficiais polacos eram peremptórias e ele foi mandado para o Eurotas. Sacary e Lallemand porém, ficaram no Bellerophon.

Repórter inglês

Quando Lord Keith e Sir George Cockburn chegaram a bordo do Bellerophon domingo à noite, Bonaparte estava no convés, com farda verde com bandas encarnadas, duas dragonas, colete e calções brancos, meias de seda e estrela da Legião de Honra e chapéu na mão com tope tricolor. Seu rosto está notavelmente nédio e sua cabeça calva no cume. Depois dos cumprimentos de costume, Lord Keith se dirigiu a Bonaparte, participou o seu intentado transporte do Bellerophon para o Northumberland. Bonaparte imediatamente protestou com grande veemência contra este ato do governo britânico, ele não podia compreender que se pudesse pôr alguma objeção à sua residência na Inglaterra sossegadamente até o resto da vida. Nem Lord Keith, nem Sir George Cockburn lhe tornaram resposta. Um oficial inglês que estava ao pé dele lhe observou que se não fosse mandado para Santa Helena seria entregue ao Imperador da Rússia.

Napoleão
Deus me livre dos russos!

Repórter inglês
Dando esta resposta, olhava para o General Bertrand e encolhia os ombros.

Sir George Cockburn
A que hora da manhã posso vir, General, receber-vos a bordo do Northumberland?

Repórter inglês
Napoleão, assombrado de que o tratassem simplesmente de General, respondeu.

Napoleão
Às dez horas.

Repórter inglês
Bertrand, Madame Bertrand, Savary, Lallemand, Conde e Condessa Montolon estavam junto de Bonaparte. Sir George lhe perguntou se carecia de algumas coisas antes de se meter ao mar. Bertrand respondeu:

Bertrand
Vinte baralhos de cartas, um jogo de gamão e um dominó.

Repórter inglês
Madame Bertrand quis alguns artigos necessários de vestuário que se disse que serão fornecidos imediatamente. Um dos oficiais de Bonaparte, sobrinho de Josephine Beauharnois, sua primeira mulher queixou-se:

Sobrinho de Josephine
Não entendo porque não se guarda fé com o Imperador, que esperava residir com sua comitiva na Inglaterra.

Napoleão
Gostaria de saber o seu parecer, Lord Keith.

Lord Keith
Apenas cumpro ordens do meu governo.

Napoleão
Permita, então, que eu apresente o meu pleito a S.S. a Rainha Vitória.

Lord Keith
Seria inútil, essa entrevista não lhe seria satisfatória. Não há como alterar a sua sorte.

Repórter inglês
Um Oficial que estava ao pé dele disse:

Um Oficial de pé
Serieis apanhado, se ficásseis em Rochefort, uma hora mais, e mandado para Paris.

Repórter inglês
Bonaparte voltou-lhe os olhos, mas não falou uma palavra. Dirigiu-se logo a Sir George Cockburn e fez muitas perguntas a respeito de Santa Helena.

Napoleão
(a Sir George Cockburn)
Há lá alguma veação ou caça? Onde hei eu residir?

Repórter inglês
Então mudou abruptamente de assunto e rompeu em mais invectivas contra o governo, às quais não se deu resposta. Não sabemos se ele tinha ideia de alguma carta de habeas corpus ou não, mas estava sôfrego por ir à terra. Então mostrou alguma indignação de ser tratado por General dizendo:

Napoleão
Vos me mandastes embaixadores como a um Potentado Soberano, vos me reconhecestes Primeiro Consul.

Repórter inglês
Ele tomou uma grande pitada de tabaco enquanto falava. Depois de lembrar-lhe que o escaler do Northumberland iria buscá-lo às dez horas da manhã Lord Keith e Sir George Cockburn se retiraram.

Cena 13

Repórter francês

No outro dia, muito cedo, Sir George Cockburn foi a bordo do Bellerophon para presidir à inspeção da bagagem de Bonaparte, que se compunha de dois serviços de prata, muitos artigos de ouro, um soberbo toucador de prata, livros, camas e etc. Foram todos mandados para bordo do Northumberland pelas onze horas. Bonaparte tinha trazido da França uns 40 criados, entre os quais eram um moço de estrebaria, um postilhão e um acende-candieiros. Dois terços deles foram mandados para bordo do Eurotas. Às 11 e meia, Lord Keith, no escaler do Tonnant veio a bordo do Bellerophon receber Bonaparte e aqueles que deviam acompanhá-lo. Bonaparte antes de sua chegada e depois se despediu do Capitão Maitland e dos Oficiais do Bellerophon. Depois de descer a escada para o escaler disse-lhes adeus com o chapéu. Lord Keith recebeu no escaler as seguintes pessoas: Bonaparte, o general Bertrand e Madame Bertrand, com seus filhos; Conde e Condessa Moutholon e filho; Conde Lascasas; general Gorgaud, nove criados e três criadas. O cirurgião de Bonaparte não quis acompanhá-lo e o Cirurgião do Bellerophon se ofereceu a suprir o seu lugar.

Uma repórter belga

Bonaparte tinha vestido o seguinte: um chapéu armado, muito safado, com um laço tricolor, farda abotoada, simples, verde, com gola encarnada; tinha três ordens, duas cruzes e uma grande estrela de prata com a legenda Honra e Pátria, calções brancos, meias de seda, fivelas de ouro. Savary e Lallemand ficaram no Bellerophon. Savary tinha muito medo de ser entregue ao Governo francês, repetindo muitas vezes que a honra da Inglaterra não permitiria que desembarcasse outra vez nas praias da França.

Repórter francês
Pelo meio dia o escaler do Tonnant chegou ao Northumberland. Bertrand foi o primeiro que subiu, depois Bonaparte, trepando pelo costado da nau com atividade de marinheiro. Os soldados da marinha chegaram às armas e receberam-no, mas simplesmente como um general, apresentando as armas.

(A cena é dramatizada.)

Ele tirou o seu chapéu. Logo que chegou ao convés disse a Sir George Cockburn:

Napoleão
Estou às vossas ordens.

Repórter francês
Fez cortesia a Lord Lowther e a Mr. Lyttleton que estavam ao pé do Almirante e disse-lhes poucas palavras a que eles responderam.

Napoleão
(a um Oficial)
Em que corpo servis?

Oficial
Na artilharia.

Napoleão
Nesse mesmo corpo servi eu.

Repórter francês
Depois de se despedir dos Oficiais que o tinham acompanhado ao Bellerophon e abraçar o sobrinho de Josephina, que não ia para Santa Helena, entrou na Câmara, onde além de seus principais companheiros se juntaram Lord Keith, Sir George Cockburn, Bertrand, Lord Lowther. Lytleton e outros. Travaram então uma conversação pontificada por Bertrand.

Bertrand
Eu nunca dei minha adesão a Luiz XVIII. Portanto é injustiça palpável proscrever-me. Porém eu voltarei dentro de um ou dois anos para cuidar da educação dos meus filhos.

Repórter francês
Madame Bertrand estava muito angustiada.

Madame Bertrand
Nunca fui tão ofendida! Obrigada a sair de Paris sem roupa alguma necessária! O Imperador é um homem muito grande para se abater com as circunstâncias.

Repórter francês
O Conde Moutholon falou das reformas que Bonaparte fez em Paris, aludiu ao seu temperamento bilioso que

havia mister muito exercício. A Condessa Moutholon é uma mulher muito interessante: falou pouco. Lord Keith despediu-se à tarde de Bonaparte e voltou para bordo do Tonnant. Lord Lowther e Mr. Lyttleton travaram mais viva conversação com ele que continuou por duas horas. Como ele estava muito prazenteiro e parecia desejar uma conversação muito livre com aqueles dois consumados fidalgos aproveitaram a ocasião e entraram na resenha da maior parte do seu comportamento. Consta-nos que lhe perguntaram como cometeu a impolítica de atacar a Espanha... os motivos para os Decretos de Berlim e Milão... a guerra contra a Rússia... porque enjeitou os termos de paz que se lhe ofereceram antes da primeira tomada de Paris, etc. A todas estas perguntas ele respondeu plenamente, não evitando, antes animando a discussão. Esperamos poder dar as particularidades que devem ser sabidas. Elas servirão para a história.

Uma repórter belga

Depois de duas horas, Lord Lowrher e Mr. Lyttleton se despediram e vieram para terra. A sua câmara no Nothumberland está preparada com muita elegância. A cama em particular é belíssima e a roupa, muito fina. O seu toucador é de prata. Entre outros artigos, ele tem uma caixa de tabaco magnífica em que está embutida em ouro uma águia com uma coroa fugindo de Elba para a costa da França; a águia vendo de perto a costa da França e as respectivas distâncias são executadas admiravelmente.

Cena 14

O arauto
Protesto que Bonaparte apresentou a Lord Keith.

Napoleão
Eu protesto solenemente à face do Céu e dos homens contra a infração dos meus direitos mais sagrados na forçada disposição de minha pessoa e de minha liberdade. Vim livremente para bordo do Bellerophon; não sou prisioneiro, sou hóspede da Inglaterra. Uma vez sentado a bordo do Bellerophon imediatamente adquiri o direito à hospitalidade do povo inglês. Se o governo, quando deu ordem ao comandante do Bellerophon para receber-me e à minha comitiva tentava simplesmente armar-me um laço ele manchou a sua honra e aviltou a sua bandeira. Se este ato se consumar, em vão os ingleses falarão à Europa da sua lealdade, das suas leis, da sua liberdade. A fé inglesa se perderá na hospitalidade do Bellerophon. Portanto, eu apelo para a história; ela dirá que um inimigo que vinte anos fez a guerra ao povo da Inglaterra veio livremente no seu infortúnio procurar asilo debaixo das suas leis. Que prova mais decidida podia ele dar da sua estima e da sua confiança? Mas como lhe corresponderam na Inglaterra? Fingiram estender uma mão hospitaleira a seu inimigo e quando este se lhes entregou em boa fé eles o sacrificaram.

Repórter francês
Paris, 7 de agosto. Ontem aconteceu nas Thuilleries uma nova cena tão deplorável como escandalosa. Pelas 7 horas

da noite, justamente no momento em que muitos milhares de franceses, por suas costumadas aclamações, testemunhavam a Sua Majestade o seu amor e veneração, um doido escondido na chusma levantou com uma espécie de raiva o sedicioso grito de Viva o Imperador! Imediatamente desapareceu toda a alegria. O Rei retirou-se; nós cremos haver notado que Sua Majestade pôs a mão na testa como para esconder a impressão de tristeza que produziu este furor quase incrível de algum bandido. O réu teria pago com a vida sua criminosa ousadia se alguns guardas de corpo e outros mais moderados do que a chusma não o protegessem da indignação pública. Foi levado para a guarda do palácio.

Cena 15

Repórter inglês

Nuremberg, 22 de setembro. Afirma-se que os soberanos aliados convieram nas seguintes disposições acerca dos membros da família Bonaparte: Jerônimo há de ficar em Elwangen e o governador é convidado a tomar todas as medidas convenientes para embaraçar-lhe que saia daquela praça; Luciano há de sair da Cidadela de Turim e ir para Roma se o Governo de Roma lho consentir e ao mesmo tempo se obrigar a não consentir que ele e sua família saiam dos estados pontifícios. Luiz Bonaparte também tem licença para residir em Roma. Nada está decidido acerca de Madame Hortensia. Murat e sua família podem estabelecer-se na Áustria. O Imperador Alexandre concede a José e à sua família que se estabeleçam na Rússia. A Inglaterra assinou às pessoas tomadas por Bonaparte uma praça por morada, onde hão de ficar debaixo de uma guarda rigorosa. As pessoas compreendidas no real Decreto de 24 de Março hão de ser presas e metidas em cadeias se forem achadas em países estrangeiros. Terão a escolha de ficarem em prisão ou serem entregues às autoridades francesas. As pessoas que, pelo Decreto real são sentenciadas a desterro ou que desejam deixar a França e estão munidas de passaporte são admitidas nos domínios austríacos, russos e prussianos, com condição de nunca saírem dos lugares assinalados para sua residência. Mas estas não podem, debaixo de qualquer pretexto, viver na Suíça, nos pequenos estados alemães, nem nos Países Baixos.

Repórter belga

Bruxelas, 29 de setembro. Na sessão de ontem da Segunda Câmara foi recebido uma mensagem da Primeira Câmara afirmando que havia adotado as propostas da Segunda Câmara: 1º. Para a criação da Ordem do Leão Belga e 2º. Para um dote ao Príncipe de Waterloo, Duque de Wellington e que ela comunicou essas duas propostas a Sua Majestade requerendo-lhe que as confirmasse por real sanção.

Repórter francês

Paris, 13 de janeiro de 1816. A Gazeta Oficial contém a seguinte lei dada em Paris, no Palácio das Thuilleries aos 12 de janeiro do ano de 1816 por Luiz por graça de Deus e etc.

Luiz XVIII

Havemos proposto, as Câmaras têm adotado, havemos ordenado e ordenamos o seguinte: Artigo 1. Concede-se pleno e inteiro anistício a todos aqueles que direta ou indiretamente tomaram parte na rebelião e usurpação de Napoleão Bonaparte, com as exceções abaixo declaradas. Artigo 4. Os parentes de Napoleão Bonaparte em linha ascendente, seus tios, tias, sobrinhos, sobrinhas; seus irmãos, suas mulheres e seus descendentes, os irmãos e maridos delas são excluídos para sempre do Reino. Todos serão obrigados a sair no espaço de um mês, debaixo as penas especificadas no artigo 91 do Código Penal. Não podem gozar algum direito civil em França, nem possuir propriedade alguma, título algum ou graça concedida de favor e serão obrigados a vender, dentro do prazo de seis meses todos os bens que obtiveram em França por compra. Artigo 5. Os regicidas, que, a despeito de uma clemência quase sem limite votaram pelo Ato Adicional ou aceitaram ofícios ou empregos do Usurpador e que fazendo-o assim se declararam inimigos irreconciliáveis da França e do legítimo governo são para sempre excluídos do reino e obrigados a deixá-lo dentro de um mês, com pena do castigo imposto pelo artigo 33 do Código Penal. Não podem possuir direito algum civil na França, nem bens alguns, títulos ou pensões concedidas de favor.

EPÍLOGO

Cena 16

O arauto
Câmara dos Pares. Sessão de 6 de dezembro. O Presidente disse:

Presidente da Câmara dos Pares
Considerando que resulta do processo e provas que o Marechal Ney, Príncipe de Moskwa está convencido de ter, na noite entre 13 e 14 de março de 1815 lido, em praça pública, em Lons-le-Saulnier, no Departamento do Fura, à frente do exército, uma proclamação tendente a desafiar a revolta e a defecção – de ter imediatamente expedido ordens para se juntarem ao inimigo – e de ter ele mesmo à frente das suas tropas efetuado aquela junção; que consequentemente está convencido do crime de alta traição e de atacar a segurança do estado – ataque cujo objetivo era mudar a forma de governo e a ordem legítima de sucessão ao trono; declaro-o réu dos crimes condenados pelos artigos 77, 87, 88, 102 do Código Penal e 5 do Título 1º. da Lei de 21 de Brumaire do ano 5 e do Artigo 1 do Título 3º. da mesma lei. Portanto, referindo-se aos ditos artigos condena o Marechal Ney, Marechal de França, Duque de Elchingen, Príncipe de Moskwa, Par que foi de França ao pleno castigo de morte e às custas da sentença.

Cena 17

Execução do Marechal Ney

Repórter francês

Desde as três da manhã a guarda do Marechal condenado foi entregue ao Conde de Rochechouart, Comandante de Paris, que tinha sido encarregado pelo tenente General Despinois, Comandante da 1ª. Divisão Militar por ordem dos Comissários do Rei, de fazer as disposições necessárias para assegurar a execução da sentença. A segurança interior e exterior de Luxemburgo foi confiada desde aquele momento à vigilância de M. de Rochehcouart e ficou desonerado o Porteiro da Câmara em cuja custódia havia estado o preso.

Repórter inglês

Ao sair da Câmara dos Pares o Marechal Ney pediu jantar e pareceu comer com bom apetite. Percebendo que uma faca de ponta redonda, de que ele usava, excitava alguma desconfiança nos seus guardas de que ele a empregasse para se matar, atirou-a fora. Depois do jantar fumou um cigarro e então caiu em um sono profundo do qual só acordou quando M. Cauchy, Secretário Relator da Câmara dos Pares foi ler-lhe a sentença. Antes de começar a ler. M. Cauchy se empenhou em dirigir-lhe algumas palavras patéticas para certifica-lo de quanto lhe era penoso ser obrigado a cumprir um dever tão patriótico.

Marechal Ney
(a M. Cauchy)
Senhor, fazei a vossa obrigação como todo homem deve fazer: lede.

Repórter inglês
Lendo-se o preâmbulo, disse com impaciência:

Marechal Ney
Ao fato, ao fato de uma vez.

Repórter inglês
Quando chegou ao artigo da lei respectivo à sucessão à coroa, o Marechal Ney protestou...

Marechal Ney
Aquela lei não pode ser aplicável a mim, foi feita para a família real.

Repórter inglês
Quando se particularizaram seus títulos ele acudiu:

Marechal Ney
De que serve isso? Miguel Ney – logo um montão de pó, isto é tudo.

Repórter inglês
Acabada a leitura, o Secretário lhe disse que não tinha tempo a perder para suas disposições testamentais.

Marechal Ney
Estou pronto a morrer. Quando quiserem.

M. Cauchy
Se nesses últimos momentos desejar as consolações da religião mandarei chamar o reitor de S. Sulpício, que tinha vindo oferecer seus serviços.

Marechal Ney
Basta, cuidarei nisso.

M. Cauchy
Se preferir outro clérigo mandarei buscar.

Marechal Ney
Já disse que basta! Não preciso de padre para ensinar-me a morrer.

Repórter inglês
Advertindo-se-lhe que podia despedir-se de sua mulher e filhos, desejou que lhes escrevessem para vir das seis para as sete da manhã.

Marechal Ney
Espero que a vossa carta não anuncie à minha mulher que seu marido está condenado. Toca-me informá-la de minha sorte.

Repórter inglês
Então M. Cauchy se retirou e ele atirou-se vestido em cima da cama. Convém acrescentar que adormeceu imediatamente.

Repórter francês
Às 4 da manhã acordou-o a chegada da Marechala sua mulher, com seus filhos e Madame Gamon, sua irmã. A infeliz mulher, logo que entrou na Câmara caiu desmaiada. O Marechal e sua guarda a levantaram. A um longo delíquio sucederam lágrimas e gemidos. Madame Gamon, de joelhos diante do Marechal, não estava em condição menos deplorável. Os filhos, calados e tristes, não choraram. O mais velho parecia ter 11 anos de idade. O Marechal falou-lhes muito tempo, mas com uma voz rouca. Subitamente levantou-se e mandou retirar sua família. Neste momento a desesperação de Madame Ney foi inexplicável. Os filhos, calados até ali, romperam em gritos penetrantes. Ficando só com os seus guardas, passeava pela câmara. Um deles, granadeiro de Laroche Jaquelin lhe disse:

Granadeiro
Marechal, na situação em que estais não pensais em Deus? Sempre é bom reconciliar-se cada um com Deus. Eu tenho visto muitas batalhas e, sempre que pude, me confessei e sempre me achei melhor com isso.

Jornalista francês
O Marechal parou, olhou para ele com certo interesse e disse:

Marechal Ney
Tendes razão, sim, tendes razão. Devemos morrer como homens honrados e como bons cristãos. Desejo ver o reitor de S. Sulpício.

Jornalista francês
O bravo granadeiro não precisou que lho dissesse outra vez. O Clérigo foi imediatamente introduzido na câmara do condenado. Esteve fechado com ele três quartos de hora. Quando ele se retirou, o Marechal mostrou desejo de vê-lo nos seus últimos momentos. O virtuoso sacerdote cumpriu sua palavra. Voltou às 8 e meia e às 9 estando informado de que tudo estava pronto o Marechal deu-lhe a mão para subir ao coche.

Marechal Ney
Entrai primeiro, Senhor Cura, eu estarei em cima mais cedo do que vós.

Jornalista francês
Foi levado através do Jardim de Luxemburgo à extremidade da grande rua que conduz ao Observatório, lugar destinado para sua execução. Um pequeno destacamento de Gendarmes e dois pelotões de veteranos ali o esperavam. Vendo que eles paravam, o Marechal que provavelmente pensou que eles o conduziam ao campo de Greneile, exprimiu alguma surpresa. Abraçou seu confessor e deu-lhe a sua caixa

de tabaco para entregar a Madame a Marechala e algumas moedas de ouro que tinha na algibeira para distribuir pelos pobres. Chegado à porta, a carruagem voltou um pouco à esquerda e parou uns quarenta passos da porta e trinta da muralha, perto da qual se havia de fazer a execução. Um piquete de veteranos, de sessenta homens estava em campo desde as cinco horas da manhã. No momento em que parou o coche, o pelotão se pôs em alas. Um Oficial da Gendarmeria saiu primeiro do coche e foi seguido pelo Marechal que parecia perguntar-lhe qual era o lugar da execução. Depois de abraçar o confessor que estava perto do coche, orando fervorosamente, o Marechal seguiu a passo brando e com ar determinado até oito passos da muralha e voltando-se em roda sobre os soldados, com vivacidade, e ao mesmo tempo encarando-os gritou com voz rouca e forte:

Marechal Ney
Camaradas, direto ao coração – fogo!

Jornalista francês
Recitando estas palavras tirou o chapéu com a mão esquerda e pôs a direita sobre o coração. O oficial deu o sinal com a espada ao mesmo momento e o Marechal imediatamente caiu morto, passado de doze balas, três na cabeça.

(Ouvem-se tiros, o marechal cai e a luz se apaga)

FIM

pólen soft 80 gr/m^2
tipologia chaparral pro
impresso no outono de 2020